滄海叢刊 語文類

文透鏡

簡宗梧 著

東大圖書公司

國家圖書館出版品預行編目資料

人文透鏡／簡宗梧著－－初版一刷．－－臺北市；
東大，民90
面；　公分

ISBN 957-19-2503-9(精裝)
ISBN 957-19-2504-7(平裝)

1. 中國文學－論文－講詞等

820.7　　　　90000380

網路書店位址　http://www.sanmin.com.tw

© 人　文　透　鏡

著作人　簡宗梧
發行人　劉仲文
著作財產權人　東大圖書股份有限公司
臺北市復興北路三八六號
發行所　東大圖書股份有限公司
地址／臺北市復興北路三八六號
電話／二五〇〇六六〇〇
郵撥／〇一〇七一七五──〇號
印刷所　東大圖書股份有限公司
門市部　復北店／臺北市復興北路三八六號
重南店／臺北市重慶南路一段六十一號
初版一刷　中華民國九十年二月
編　號　E 82093-1
基本定價　肆元捌角
行政院新聞局登記證局版臺業字第〇一九七號

ISBN　957-19-2503-9　(精裝)

自序

在經濟掛帥的時代，人文學者是比較寂寞的。

當然，一個學者在自己專業的領域，只要勤於耕耘，有所表現，就能贏得掌聲，得到回饋，他就可以不寂寞了。

但是，通常一個知識分子，不會因「獨善其身」而志得意滿，大多以社會為其終極關懷。可是人文學者在崇尚近利的社會中，是很難使力的。尤其是研究傳統人文的人，早已有冬烘的烙印，如果再有捨我其誰的使命感，便更不免被嗤詆為唐吉訶德式的人物。

我很幸運，在研究與教學的路途上，我一直不寂寞；同時我稍有自知之明，也不會是一個不甘寂寞的人，所以不曾棲棲遑遑以社會改造者自任，但也不致於自閉在象牙塔中孤芳自賞，還能隨時留意社會的脈動，以便有所因應。

所以這些年來，不但在專業的領域力求建樹，偶爾也在適當的場合，應用自己的專業，放眼當代社會，發抒一己之見。既不憤世嫉俗，也不痛心疾首。不求其他，但求盡一份社會責任而已。

對一個學者來說，所謂適當的場合，莫過於學術研討會了。近十二年來，我在全國或國際學術研討會發表了三十四篇論文。其中關涉近百年社會與文化的論文有十三篇，在我甲子重周並將從政治大學退休的日子，乃收錄其中九篇，外加一篇所論者雖為漢代文字的新陳代謝，但可供當今整理異體字之參考，於是乃彙此十篇為一書。其間，這些篇章是在不同的時間、不同的場合發表的。相關資料或引證，只要在當時闡述問題時有所必要，也就不憚重複。如今，結集出版則保留發表原貌，但請讀者多予包涵。至於其餘四篇因題材有所重疊，乃予以汰除。另又選四篇已發表的書評，因與此十篇論文基本精神一致，乃予附入，而不避野人獻曝之譏，題為《人文透鏡》，尚祈　大雅君子，有以教之。

簡宗梧　謹序於蘭竹軒

人文透鏡　目次

自序

放眼古今

大學校園師生倫理的現在與未來　3
胡適的文學革命與中國文學傳統　17
在臺灣有關傳統文化教育的危機　37
大學國文採專題教學之評估　57
當前文字政策的檢討　77
一九三五年簡體字表之商榷　91

論漢代文字的新陳代謝——以《說文解字》與漢賦為例 109
整理漢字之芻議 143
雞鳴不已於風雨——在巨變中連雅堂所展現的書生本色 157
孔孟對春秋政治人物的品評及其現代意義 175

蘭竹書評

十里洋場的線與面——評吳圳義的《清末上海租界社會》 199
心靈真實的記錄——談林俊穎的小說《大暑》 205
掙脫緊箍的行者——談楊義兩部有關小說與文化的力作 211
一面具有透析功能的鏡子——評刁晏斌的《新時期大陸漢語的發展與變革》 217

放眼古今

大學校園師生倫理的現在與未來

壹　前言

歷來人們總沿用「人心不古，世風日下」，感慨社會倫理道德的逐漸墮落。倫理的瓦解、道德的淪落，似乎是長久以來綿延不斷的話題，難道倫常不常，真有一代不如一代的現象？這難道是歷史演化中不變的規律？

其實這一類喟嘆，除了不免因個人經驗而憤世嫉俗，或隨意取樣以偏概全，以及一般貴古賤今的心理因素之外，還有一部分是因為社會環境的變動，使人們在評斷時做不同角度的反省所以致之。

同是儒學的宗師，至聖與亞聖，一在春秋時代，一在戰國時代，相隔不到二百年，❶但由於政治制度的改變，於是評斷子產也會有所不同；❷漢與宋同是崇尚儒家思想的盛世，在男女授受不親或倫理的對待關係，其要求的寬嚴和主從地位的平等性，相差也非常懸殊。

所以，當我們在為倫理規範與教育從事評量或檢討的時候，不能不考慮環境變動的因素，以及因應社會生態的機制，而標準也應有所調整。本文即著眼於此，來討論當前我們所應調整的大學校園師生倫理問題。

或許有人會說：現在已經是甚麼時代了，討論大學不把眼光放在一些具有前瞻性的問題解決，還斤斤於那些舊社會老掉牙的倫理規範，豈不是太陳腐太冬烘了？

其實，有人群就不能不講倫理。人不能離群索居，必須過群體社會的生活，那麼人類必然要講求理想的行為模式。傳統觀念中的倫理，實際上是在規範「社會對體」(Social dyad)的互動，闡述人與人間大致依照著定型的行動舉止交互影響的關係(Interaction)。❸大學這群體，

---

❶ 孔子（551B.C.–479B.C.）、孟子（372B.C.–289B.C.）生年相隔不到二百年，卒年相隔也不到二百年。

❷ 見本書〈孔孟對春秋政治人物的品評及其現代意義〉，原載《政治大學學報》第六三期。

❸ Interaction通常譯為「互動」，參看K. H. Wolff, *The Sociology of George Simmel*, 1950, pp.122–125; F. M. Keesing, *Cultural Anthropology*, 1958, pp.244–428。

為發揮其功能，自然不能不講求具體的理想行為模式——倫理。

儒家傳統的倫理觀念，在過去兩千年中，曾塑造不少中國人生活與思想的楷模，使中國文明延續不絕，❹用美國人類語言學家沙皮爾(Edward Spair)的話來說，這些倫常乃是中國文化中涉及個別的人與人間交互影響的「真正軌跡」(True locus)。從主觀方面來說，每一個人在參與這些互動中，他可不自覺地抽繹出人與人相處交互間的意義；❺從而體會到：在一切互動中，個人會影響他人的行動，同時他本人的行動也會受到他人的影響。這種影響力具有限制各個人的行動，安定社會秩序的功能，❻這正是美國社會學者所謂的「社會控制」(Social control)。❼不能離群索居的人，是不可能跳脫這些「社會控制」的；朝夕相處在大學裡的師生，當然不可能逃避這些「社會控制」。

稱之為社會控制，或許不免令人怵目驚心，稱之為倫理道德，或許又有人認為太過於陳

❹ 參看Arthur Wright, *Confucian Personalities*, 1962。

❺ 參看*Cultural Anthropology and Psychiatry, Journal of Abnormal and Social Psychology*, vol. 27, 1932, pp.229–242。

❻ 以上引譯見芮逸夫〈五倫的社會控制觀〉收入《倫理哲學講話》（中央月刊社，民六二），頁一。

❼ 參看E. A. Ross, *Social Control*, 1901, p.viii; R. E. Park and E. W. Burgess, *Introduction to the Science of Sociology*, 1921, p.785。

腐而視之為教條。其實不論是出自於積極的道德體認與導引，或出自比較消極的法律禁制，這些規範都是社會正常運作之所必需，套用當今的流行語，便是所謂在周密而有效的「遊戲規則」下，社會對體才能優游其間一展長才各得其所。因應時代的改變和環境差異，「遊戲規則」也就必須修正，所以我們現在不論在家庭、在學校、在社會，再去講求倫理，只要不是斤斤於舊有機制的復古，便不但不陳腐落伍，同時更是我們所不可或缺的。

不過，在此我們要強調的是：倫理之所以稱之為倫常，是因為它絕大部分都是千古遵行不變的常道，如孔子所謂「誨人不倦」，孟子所謂「教者必以正」，《周禮・地官師氏》所謂「師行以事師長」，《禮記・學記》所謂「擇師不可不慎」，仍為今日為師之道和求師之方。但本文是針對它出現的問題加以探討，所以將焦點集中在新變與應有所調整的部分，蓋藉以提出解決之道，以求教於方家，至於數千年來不變的共識，擬不贅列。

貳　當前大學校園師生倫理的新變與危機

一、絕對權威不再，師生倫理的認知與定位不免南轅北轍

師生一倫，一向為國人所重視。漢儒人倫之教有所謂三綱六紀，❽師長為六紀之一。還說：「師無當於五服，五服弗得不親。」❾以「師」與「天地君親」並列。從所謂西席❿與絳帳春風、程門立雪的典故，便可知道舊社會對老師地位的尊崇。

由於歐美新式學校制度的引進，整個教育機制產生重大變革，班級制與分科教學，使師徒制瓦解，師生關係也就日漸疏離。但人們的倫理觀念，卻不是一朝一夕所能改變的，所以一時難以調整，還曾有拜門之風，而將學生區別為入門與未入門的兩種，不免有歧視的待遇。

❽ 以君臣、父子、夫婦為三綱；以諸父、兄弟、族人、諸舅、師長、朋友為六紀。參見董仲舒《春秋繁露・基義篇》、班固《白虎通・三綱六紀篇》。

❾ 見《禮記・學記》。

❿ 見《大戴禮記・武王踐阼》王東面而立，師尚父西面。

後來拜師門之風式微，但有些教師仍不免緬懷過去，總是拿以前當學生時老師如何受到禮遇，與當今自己所得到的待遇相比較，因而憤忿不平，有師道式微之嘆。

三十年前，我在大學唸書的時候，有一位老教授在上課時不但要學生泡茶侍候，並要備好抹乾淨的椅子，還說「以前的學生站著問學，老師坐著應對，如今卻是讓學生坐著聽課，老師罰站講課，成何體統；再假以時日，說不定學生可以躺著愛聽不聽，讓老師跪著苦口婆心。」其不滿之情常溢於言表。

三十年後，雖沒有那位老教授所說的那樣，但當年上下課的行禮如儀，如今已不多見，而如今學生視上課缺席遲到如家常便飯，在課堂中吃早餐也不以為忤，皆非當年所能想像；由學生填表做為教師教學的評量，更當匪夷所思。

尤有甚者，學生參與學校的大小會議已是時勢所趨，而少數學生代表竟以被剝削的族群代表自居，以捍衛弱勢者的權益自許，像工廠的勞方代表向資方爭取權益一樣。他們一方面為顛覆強權取得表決的優勢，要求依人數比例增加參與會議學生代表的人數；另方面積極向學校爭取的，不祇是人格權的平等，更是校務決策權及福利的均霑。譬如要求與教師同享校園的停車權，更因他們尚未有收入，所以還希望在費用上進一步減免。

學校是教育機構，他們卻把師生倫理比擬為工廠的勞方與資方的關係，做為規範的依據；

更有人認為學校為學生而設，所以學生是學校的主體，於是把師生關係定位在顧客與店員的對應關係上，以為學生是顧客，似乎成了教師的衣食父母，那麼教師對學生只有小心侍候了。

當然也有人認為大學是人才的陶鑄廠，應各具特色，教師是陶鑄廠原料選擇、產品設計與製造的執行者，只有放手讓他們發揮，才能夠展現大學的競爭力。學生雖有選擇學校與科系的自由，學校更有篩選學生的權力，教師負責指導與把關。學生既決定入學，則該認同學校的規範，服膺受教，循規蹈矩努力學習才是正途。

本來人倫關係是在規範「社會對體」的互動，使人與人間大致依照著定型的行動舉止交互影響的關係，能和諧地正常運作。如今大學校園內對師生關係認知差異如此之大，定位如此懸殊，而缺乏共識，雖然大半只是師生關係的淡化，學生對教師還能保持基本的禮貌而各守分際，但「各是其所是，各非其所非」所造成的淆亂和緊張，不能不說是校園倫理危機的根源。

二、研究工作相依存，不免因智慧財產的歸屬產生齟齬

前項所述，是有關大學部師生倫理的新變與危機。在研究生部分，因為論文指導制度仍保留以前師徒制的精神，所以研究生與指導教授之間的關係，仍然相當緊密，仍不乏情逾父

母與子女的事例。至於研究生與非指導教授之間的關係，則與大學部差別不大。

不過研究生與指導教授之間的關係，也在科別之間產生重大的差異。

一般文史教授，視指導研究生為沈重的負擔，多半不願接納太多的學生。教授對學生如有所不滿，理由大概不外乎學生程度不夠或不夠敬業；研究生若對教授有所微詞，也大概不外乎要求太嚴苛或太不關心。這些齟齬雖然與師生倫理的新變不無關係，但畢竟是群體中少數的個別現象，原本就在所難免。

理工方面似乎有所不同。有些教授因手上有許多研究計畫，需要大批助手，所以廣開善門招收研究生，總是嫌少不嫌多。於是有些研究生以廉價勞工自怨自艾，抱怨因為教授的研究案還沒結束，所以被人故意留難，以致不能畢業。清華大學更有研究生因不願被留難而轉換指導教授，引發智慧財產的爭訟，被新聞媒體大肆渲染而喧騰一時。

教授有研究構想，取得研究經費，於是指導學生執行研究計畫，研究生在過程中得到學習機會及生活津貼，甚至完成學位論文；教授則得以完成研究專案。這本來是兩全其美的事，但因為相互依存的程度太高，人總不免高估自己的貢獻度，而對對方有更多的要求。「被故意留難，以致不能畢業」，有可能是事實，也有可能是給自己下臺的臺階，還有可能只是被扭曲的幻覺。當他轉換指導教授，撰寫論文搬用原教授研究計畫的研究數據時，就難免引發智慧財產的爭訟。因為那雖然是自己研究所得的數據，卻是原教授研究成果的一部分，受雇的工人對工廠的產品，原本不能有所有權的主張。

認知的不同而相互依存的程度又太高，造成彼此權益的糾結，常成為大學師生倫理關係決裂的引爆點。提攜或壓榨，雖有霄壤之別，其分際只介於一念之間，也常是同一事可以並存的兩個思考面向與評斷。大學師生自當共同在其中尋找二者之平衡點，以求和諧地正常運作，才能互蒙其利。

三、有限資源的分配，在師生之間不免產生排擠效應

前述大學研究生由於論文指導制度，保留了以前師徒制的精神，研究生與指導教授之間有相當緊密的關係。正因為師生關係緊密而同質性高，所以學生畢業之後另立門戶，不免產生競爭的緊張關係，這是歷來民間故事中，師父教門徒常常留一手的重要原因。保留最精粹的部分，列入不傳之密，成為永遠居於領先地位的重要策略。

一般在文史部門的研究，需要長時間的濡染，才能到達一定的火候，同時也比較沒有資源分配的問題，所以師生之間比較不會產生競爭的緊張關係，但在理工學界就可能有所不同。

我有一位任教於美國的朋友，他以蝙蝠神經研究享譽國際，因為聲納(soner)有廣泛的軍

事用途，所以獲得相當的重視，因此也享有較充裕的研究資源。他早已是世界級的大師，不過他私下承認，以他目前的地位，在資源分配上，師生間還免不了存在排擠效應的危機意識，而且說這種排擠效應是學術界相當普遍的現象。就如新聞媒體所引喻的，研究資源就像一塊大餅，不可能無限制地加大，分享者越來越多，每人所能得到的就會越來越少，所以學生學成之後，離得越遠越好。

在資源分配上師生間既然產生排擠效應，乃構成大學校園倫理的另一個潛在危機。我們應如何化解，便成為討論大學校園師生倫理的重要課題。

叁　未來大學校園師生倫理應有的調整

由於絕對權威不再，彼此依存程度太高，研究資源有限，於是大學校園師生倫理產生新變與危機，但規範「社會對體」的互動，使學校順暢地正常運作，是有它實際的需要，所以大學校園師生倫理應有所因應，有所調整。如今對任何事物，都已不可能只做單向思考，唯有多元關照，才能使「社會對體」的權益均衡，運作和諧，發揮它應有的功能。

一、為師者應不斷自我充實，學生則不宜自我膨脹

以前的教師以教學為首務，但其所謂教學，則不僅傳授知識與技能而已，還包括品德的薰陶與輔導，所謂「傳道授業解惑」者是。《周禮・地官注》所謂「師也者，教之以事而喻於德」，揚雄《法言・學行》所謂「師者人之模範」，都強調品德方面的重視，並強調言教不如身教，對教師自身品德的要求是採取高標準。

如今社會對大學教授自身品德的要求雖然仍採取較高的標準，但總認為大學生心智已經成熟，所以並不太要求教授們對學生品德的薰陶與輔導負起太大的責任，於是對名士派作風的教授不以為忤。而對知識的追求與研發，則有更高的要求與期許。認為大學不只是傳授知識的殿堂，更是研發知識的中樞。所以教授的學術研究，早已成為教學以外評量其是否稱職最重要的指標。

雖然目前社會不太要求教授對學生品德的薰陶與輔導負起太大的責任，但「經師不如人師」仍為人們所公認，所以品德的薰陶與輔導，仍是不可輕言推卸。然而由於資訊快速流通、知識日新月異，照本宣科的教授，已得不到學生的尊重；抱殘守缺的教學，將難逃誤人子弟的惡名。不斷自我充實，不但要趕上時代的腳步，而且要在自己的專長領域中領先開發，已

成為大學校園裡教師應有的自我要求與職責之所在，也是調整大學校園師生倫理之所必需。

至於學生則應體認學校在人生階段性的功能，不可引喻失義；更應參考世界第一流大學學生在學校的角色定位，不宜權慾薰心，而應自我節制，以免對學校的運作掣肘，造成教育功能的喪失。學生過度自我膨脹，破壞校園倫理，到頭來損失最慘重、影響最長遠的還是學生自己。中國大陸的文化大革命所造成的浩劫，便是最好的證明。

二、為師者應以伯樂自期，學生則以吃窩邊草為戒律

當今師生之間既然在資源分配上難免產生排擠效應，構成大學校園倫理的另一個潛在危機，我們應如何化解，便成為討論大學校園師生倫理的重要課題。

在文史方面一向是「真積力久則入」，所以為師的只要不故步自封，在自己的專業領域能日漸開拓深化，應該沒有失去表現舞臺的疑慮，反而會因學生眾多漸成團隊，開發相近領域，相互合作而更成氣候。

譬如我以辭賦為研究開發的範疇，我指導的研究生有的專攻賦話理論的部分，有的致力於歷代賦家的研究，有的從事地域性作品的探討，有的專注在它與其他文類間千絲萬縷的關係。我會責成他們分別對文學理論、史學方法、地區文化、各體文學史、或其他相關的學科

轉益多師，於是他們都會有各自發展的空間，不會有太多的重疊，不但彼此可以交流互補，相互啟發，圓融觀照，化除師生或同門之間的緊張關係。

只是科學分工已經精細，是否也能如此化解，當然情況不盡相同。不過，讓學生轉益多師，以利於尋求新的發展領域，不要老吃窩邊草，應該是可以努力的方向。

在學術的傳承上，師徒關係的緊密絕對有它正面的效應，教師肯積極輔導，學生能得其真傳。但師徒關係的堅定並不在「從一而終」，學術的傳承要避免單一純粹，否則有如近親繁衍，只會造就吃窩邊草的學生，永遠躲在老師的保護傘下求生存。

大學教授應以伯樂自許，伯樂慧眼識千里馬，訓練千里馬，但並不是要將每匹駿馬都成為自己的坐騎。許多駿馬各得其所奔馳於道，這是伯樂最大的成就，並不會影響他的生意上門。

至於學生更當轉益多師以求自我成長茁壯，以吃窩邊草為戒，以攫取老師的資源為恥。身為學生，對師恩固然要永銘於心，凝聚緊密的關係，但學術上不能張名師的保護傘以得庇蔭。更不要以為死守一家之學是忠於師門，因為這樣做，成了強將手下的弱兵，除了依傍師門拾其牙慧之外，又如何能有宏揚師門的積極作為？

三、釐清創意構想與工作步驟，明訂研究成果發表規範

教授從事學術研究，提出構想，擬定步驟，取得經費，讓學生依計畫進行，甚至撰寫報告。於是成果的歸屬有了模糊地帶，而師生相互依存的程度太高，容易造成彼此權益的糾結，倫理關係的惡化。其實這些都應該不難避免。

首先應該吸取先進國家的經驗，設法釐清創意構想與工作步驟對該研究案的重要性，明訂研究成果分享的規範，共同遵守，當可減少矛盾與衝突的產生。

其實若先確定某一學生擔任助理，則不妨在研究計畫提出之前，先與學生磋商，確定接案原則，再行提出；否則不如依照委託研究案的要求，公開徵求助理。所有條件都為雙方所樂意接受，才拍板定案，以免日後產生齟齬。

這當然是依我個人從事文科接研究案的經驗所擬的解決原則，恐不免有野人獻曝之譏，對理工科來說，更不免隔靴搔癢。但仍藉以拋磚引玉，對校園的和諧運作，或有助於萬一。

胡適的文學革命與中國文學傳統

壹

一九二三年，章士釗在〈評新文化運動〉一文中，語帶譏諷地指出：當時一般青年，「以適之為大帝，績溪為上京，遂乃一味於《胡氏文存》中求文章義法，於《嘗試集》中求詩歌律令，目無旁騖，筆不暫停。」❶可見胡適白話文學與新詩，在當時影響之大，說他「名滿天下，蔚為一代文宗」❷實不為過。可是當我們檢視他所留下的篇章成果，「難免予人稍嫌單

❶ 章士釗〈評新文化運動〉，原載一九二三年八月二十一至二十二日《上海新聞報》，收入《中國新文學大系》（香港，香港文學研究社，一九七二重印本）二集，頁二〇九。

薄之憾」，尤其在「實際的文學創作方面，胡適更可說是『提倡有心』而『創造無力』，除了在一九二〇年三月出版一冊《嘗試集》外，別無其它可為稱道的重大成果，而《嘗試集》一書，從嚴格的文學批評來看，無論在形式或內容上，實在都難稱高明。」❸

那麼，當時還很年輕的胡適，為什麼僅憑著「仍嫌單薄」的主張，「難稱高明」的作品，便能歆動全國，風靡一世，在中國的文化界掀起排天巨浪，從而坐享「中國之但丁、趙叟」的盛名？❹他的主張是不是在他的作品中，完全加以貫徹？他的魅力究竟是什麼？他的主張在中國文學史上，除了「以白話取代文言」，改變語言形式主流之外，究竟還代表了什麼意義？造成哪些影響？都是很值得探討的問題。

沈松僑的〈一代宗師的塑造——胡適與民初的文化、社會〉，申明「胡適在民初所鼓吹的文學革命，實在並不只是『以白話取代文言』的文學形式的改良，而更牽涉到範圍廣泛的社

❷ 沈松僑〈一代宗師的塑造——胡適與民初的文化、社會〉（胡適百年誕辰學術研討會論文，一九九一），頁二四。

❸ 同❷。沈松僑更引耿雲志《胡適研究論稿》，頁六三，並以周策縱〈論胡適的詩〉為據。

❹ 一九二五年八月上海學生聯合會致函胡適之用語。見《胡適來往書信選》（北京，中華書局，一九七九）冊上，頁三四一。但丁（Dante, 1265–1321）意大利文學家，趙叟（Chaucer, 1340–1400）英國文學家，皆胡適〈建設的文學革命論〉所標榜的人物。

會、文化的變革。」❺表面看來，似乎無甚高論，其實是很具啟發性的。若我們以社會文化環境的巨變，觀察此時文學欣賞者角色的蛻變、作家心理的調適，所造成文學作品形貌的改變，便可以了解當時文學革命的本質，而語言形式主流的改變，僅是皮相而已。本文便是試圖從這個角度，分析胡適享有盛名的緣由，並說明此「文學革命」對中國文學傳統造成哪些根本改變。

探討文學問題，當然從文學本身入手，周策縱的〈論胡適的詩〉，從文學批評的角度，對胡適的詩有所評價。本文乃先考察胡適的文學主張，然後分析其所謂革命的本質，進而考察其主張對中國文學傳統所造成的轉變，並試圖為胡適在中國文學史上予以定位。

貳

胡適的文學主張，主要見於〈文學改良芻議〉、〈歷史的文學觀念論〉、〈建設的文學革命論〉、〈談新詩〉及〈嘗試集自序〉等。〈文學改良芻議〉被公認為「文學革命第一個宣言書」，❻

---

❺ 同❷，頁二四。

❻ 耿雲志《胡適研究論稿》（四川人民出版社，一九八五），頁三九。

鄭振鐸認為〈建設的文學革命論〉是「文學革命最堂皇的宣言」，❼朱自清說〈談新詩〉「差不多成為新詩創作和批評的金科玉律」。❽

在〈文學改良芻議〉中，胡適認為「文學改良須從八事入手。八事者何？一曰，須言之有物；二曰，不摹倣古人；三曰，須講求文法；四曰，不作無病之呻吟；五曰，務去爛調套語；六曰，不用典；七曰，不講對仗；八曰，不避俗字俗語。」❾胡適所謂言之有物，是指要有情感與思想，反對文人「沾沾於聲調字句之間」，這種主張在中國文學批評史上，自南朝唯美文學盛行之後，已屢見不鮮。至於主張不摹倣古人，是以歷史進化的眼光，強調文學隨時代而變遷，其觀點早見於葛洪《抱朴子》，其不摹倣之主張更不出明代公安派。所謂須講求文法、不講對仗，是針對駢文及律詩之作者，為求對仗工整、或為變造新奇而不免以文害意，於是大肆抨擊；所謂不作無病之呻吟，是反對喪氣失志牢騷之文；以及務去爛調套語之主張，這些都是古文學家所曾致力的。所謂不用典，胡適講解最為詳盡，他所反對的是文人詞客不

❼《中國新文學大系》二集，文學論爭集導言。
❽《中國新文學大系》一八集，詩集導言。
❾胡適〈文學改良芻議〉，見《胡適文存》（臺北，遠東圖書公司，一九七四）一集卷一，頁一七，寫於一九一七年一月。

能自己鑄詞造句以寫眼前之景、胸中之意，故借用或不全切、或全不切之故事陳言以代之；反對使讀者迷於使事用典之繁，而轉忘其所為設譬之事物。這種用典正如江亢虎所謂「餖飣獺祭，古人早懸為厲禁」，❿該是任何人所反對的。至於不避俗字俗語，則主張以白話為文學的語言。白話文學由來也遠，為胡適《白話文學史》所稱述。這麼說來，胡適的文學主張，在中國文學史或批評史上並沒有原創性，應不足以歆動全國，風靡一世，在中國的文化界掀起排天巨浪。

不過，此文中的一段夾註頗值得注意：

歐洲中古時，各國皆有俚語，而以拉丁文為文言，凡著作書籍皆用之，如吾國之以文言著書也。其後意大利有但丁（Dante）諸文豪，始以其國俚語著作。諸國踵興，國語亦代起。路得（Luther）創新教，始以德文譯《舊約》《新約》，遂開德文學之先。英、法諸國亦復如是。今世通用之英文《舊新約》乃一六一一年譯本，距今才三百年耳。故今日歐洲諸國之文學，在當日皆俚語。迨諸文豪興，始以「活文學」代拉丁之死文學；有活文學而後有言文合一之國語也。⓫

❿ 同❾，頁一〇。

由此，我們可以了解他提倡白話文學，是鑒於西洋歷史演化的歷程，認定這將為時勢所必然。社會結構改變，書面語文勢必改變，這是胡適所洞悉的，但他卻從當時若干文人的不良習性加以攻擊，比附當時革命的浪潮，稱之為文學革命。

四個月後，也就是一九一七年六月，他發表〈歷史的文學觀念論〉，則在中國歷史中尋求其革命理論的依據。他提出：一時代有一時代之文學，今日之文學當以白話文學為正宗。並認為：韓、柳「以六朝駢儷之文為當廢，故改而趨於較合文法、較近自然之文體」，所以二人「在當時皆為文學革命之人」。⑫

次年〈建設的文學革命論〉，則著重語言層次，將「八不主義」總括為四：一、要有話說，方纔說話；二、有什麼話，說什麼話；話怎麼說，就怎麼說；三、要說我自己的話，別說別人的話；四、是什麼時代的人，說什麼時代的話。⑬並提出「建設新文學論」的唯一宗旨是「國語的文學，文學的國語」。一方面強調「死文言決不能產出活文學」；一方面說明有了文

⑪ 同⑨，頁一六。

⑫ 〈歷史的文學觀念論〉，見《胡適文存》一集卷一，頁三三，寫於一九一七年五月。

⑬ 〈建設的文學革命論〉，見《胡適文存》一集卷一，頁五六，寫於一九一八年四月。

學的國語，方有標準的國語。其文後半，提出創造新文學的進行次序，分工具、方法、創造三步驟：以多讀白話範文、全用白話寫作，善用工具，為其第一步；以廣集材料、講究結構、描寫方法，為其第二步；至於第三步，因預備工夫未具，盡可不必空談，所以略而不論。⓮在此文中，透露出藉白話文的提倡，以統一國語的意圖，同時主張取西洋文學方法之所長，以濟中國文學之短，在中國文學傳統上都是比較具有創意的主張。最重要的是：他已很明顯的將倡導白話文學的文學革命，比附歐洲文藝復興，讓人認定它是沛然莫之能禦的歷史潮流。所以這一篇才是意圖明確的文學革命宣言。

叁

中國古來由於書寫工具之不便，書面語言早已脫離口頭語言而獨立發展。⓯到屈原以其「嫻於辭令，入則與王圖議國事以出號令；出則接遇賓客，應對諸侯」⓰的語文訓練，加以

⓮ 同⓭，頁五五～七三。
⓯ 胡適即如此主張，詳見其《白話文學史》第一章。
⓰ 見《史記·屈原賈生列傳》。

他生長在巫鬼盛行的楚國，出使處士橫議的齊國，於是在官場失意抒寫牢愁的時候，以其無礙的辯才，駕馭許多想像的材料，寫成「驚采絕豔」的篇章。很顯然的，楚辭系統的作者，都是士大夫階層有特殊修養及語文訓練的人，其欣賞者也必須是同階層以上的人士，士大夫文學於是形成。⓱楚辭系統的作風為士大夫所愛重、所傳承，所以劉勰說：「爰自漢室，迄於成哀，雖世漸百齡，詞人九變，而大抵所歸，祖述楚辭。靈均餘影，於是乎在。」⓲其實，楚辭一系在文學的影響力，並不限於辭賦方面，如鍾嶸從五言詩的系統列舉四十餘人，⓳其中除了他認為別出於國風小雅及古詩系統的九人外，其餘全是楚辭派的衍流。可見楚辭的流風餘韻，從先秦經兩漢而迄於齊梁，確已構成中國文學主要支柱。

唐宋古文雖在構辭方法上有所變革，胡適許之為文學革命，⓴但由韓愈所謂「非三代兩漢之書不敢觀，非聖人之志不敢存」、「行之乎仁義之途，游之乎詩書之源，無迷其途，無絕其源」，㉑自言「約六經之旨而成文」，可見其創作與欣賞，完全是有特殊修養及語文訓練者

⓱ 請參見王夢鷗〈從士大夫文學到貴遊文學〉，見《傳統文學論衡》（臺北，時報文化出版企業有限公司，一九八七），頁一四～一五。

⓲ 見劉勰《文心雕龍・時序》。

⓳ 鍾嶸《詩品》共評一百二十餘人，其中有源流可溯者，僅有此數。

⓴ 同⓬。

之專利，所以它仍是士大夫文學的特質與領域。以此看來，中國文學的傳統，不論詩文、不論駢散，不論血淚篇章、不論遊戲筆墨，其語文都非下里巴人所能了解。其所以如此，自有其原因。

中國自漢代成立士人政府以來，雖以農立國，實以士人為社會領導階層。士人的養成教育，有其一定之方法，幾乎無不從研習儒家的經典入手，於是有共同的語文訓練與素養。這些訓練使他們習慣於使用不受時空拘限的共同書面語言，儘管這些共同書面語言在構辭方法上不免有所變革，但大體而言，它有高度之穩定性，對傳統中國知識分子來說，那才是易於掌握的工具。凡是使用文字者，大體都受相似的訓練，因此，除了便於口頭傳述或表達的戲曲小說外，都是習慣使用共同書面語言。這不是他們有意賣弄，而是他們共同的養成教育，使他們使用共同的工具，乃順理成章，同時也是避免隔閡的辦法。

從秦漢的官僚政治體系，到魏晉六朝的世族政治體系，都是貴遊文學的溫床，士大夫文學的特質被發揮得淋漓盡致。到唐代由於世族勢力的逐漸消滅，㉒文學逐漸不再是上層社會的專利，通俗文學漸興，其後小說、詞、曲，都成為一代文學的代表。但這些通俗而接近口

㉑ 見韓愈〈答李翊書〉。

㉒ 見薩孟武《中國社會政治史》（臺北，三民書局，一九八三三版）冊三，頁一一六～一三二。

語的作品，當時都被視為「不能登大雅之堂」，對士大夫共同書面語言——文言文及其作品，不會構成任何的威脅，也不敢想與之媲美。

但晚清以來已有所改變，由於廢除科舉，成立新式學堂，知識分子的養成教育迥異於前；加以工商業更趨發達，服公職已非知識分子唯一的出路，使用文字也不再是知識分子的專能。新知識分子以及使用文字的工商人士，相對於舊社會的士大夫，他們當然缺乏古典文獻的研習與訓練，對歷來不受時空拘限之共同書面語言——文言文的運用，自然感到困難；對書面語言與口頭語言的一元化，自然日感迫切。很顯然的，使用文字的人口增加，而其中受傳統士大夫訓練者的比例漸趨減少，於是知識分子與社會大眾溝通的書面語言，也就不能不有所調整。胡適趁時順勢，登高呼籲，自是一呼萬應，坐收奇功。

肆

胡適個人對古典文獻有所研習，受過文言文方面的訓練，㉓在留美期間，課餘之暇，戮

㉓ 據耿雲志《胡適年譜》（香港，中華書局，一九八六）統計，胡適四歲入塾，十三歲赴滬入新式學堂，在塾九年，讀過的經典古籍不過《四書》、《詩》、《書》、《易》、《禮記》。不過，依《胡適留學日記》

力自修，點讀古籍，㉔但受到歐洲文藝復興及啟蒙運動的影響，於是入室操戈，倡導文學革命和新文化運動。他說：「事實上語言文字的改革，只是一個我們曾一再提過的更大的文化運動中，較早的、較重要的和比較更成功的一環而已。」㉕可見文學革命是新思潮、新文化運動的一環，而所謂新思潮、新文化運動是要通過批判的態度（重新估價），對中國固有文明進行了解和重建，以另造文明。㉖在社會產生結構性改變，知識分子產生質變與量變的情況下，新語文、新的文化交通工具，乃新社會最迫切需要的。胡適扣緊時代的脈動，適時提出文學革命來。

當然，在近代中國史上，白話文的提倡並不始於胡適，晚清以來，白話或俗話的報刊，在全國各地陸續出現。據統計：自光緒二年（一八七六），至宣統三年（一九一一），全國各

（臺北，臺灣商務印書館，一九八〇）所載，他在一九一一年內所披閱之古籍有《左傳》、《杜詩》、《詩經》、《說文》、《王臨川集》、《陶淵明詩》、《謝康樂詩》、《荀子》、《尚書》、《春秋》、《老子》、《韓非子》、《墨子》、《管子》、《易經》、《宋元學案》等十餘種，可見他在留美期間，戮力自修，點讀古籍。

㉔ 見胡適《四十自述》（臺北，遠東圖書公司，一九六四，三版），頁八九。

㉕ 唐德剛譯《胡適口述自傳》（臺北，傳記文學出版社，一九八一）。

㉖ 同㉕。

地有資料可稽的白話報共六十八種之多，其分佈地點遍及上海、北京、無錫、杭州、蕪湖、濟南、九江、保定、武漢、安慶等大小都市。㉗因當時有識之士基於救亡圖存，都想借用社會大眾所通行的白話文為宣傳工具，以收「改良風俗，開通民智」的效果。一九〇一年九月發刊的《京話報》，便於該報緣起宣稱：「要望中國自強，必先齊人心；要想齊人心，必先通言語。」㉘由此可知晚清白話運動的內在動因。甚至日後反對胡適文學革命最力的章炳麟、林紓等人，在當時都曾用白話文寫作。㉙

胡適是以革命者的姿態，想改變中國士大夫文學傳統，不再使用兩三千年來大體不受時空拘限的共同書面語言，而改以新語體為共通的書面語言。他說：

二十多年來，有提倡白話報的，有提倡白話書的，有提倡官話字母的，有提倡簡字字

㉗ 陳萬雄《新文化運動前的陳獨秀》（香港，中文大學出版社，一九八二再版），頁三七～四五。

㉘ 同㉖，頁三八。

㉙ 章炳麟於清末主編《教育今語雜誌》，皆以白話撰稿，其後坊間彙印《章太炎的白話文》，見黎錦熙〈錢玄同先生傳〉，收入曹述敬《錢玄同年譜》附錄，頁一七一。林紓在晚清以俗語寫閩中新樂府，以諷世勸俗，見朱羲胄〈貞文先生年譜〉，收入《林琴南學行譜記四種》（臺北，世界書局，一九六五），頁一九。

母的……這些人可說是「有意的主張白話」，但不可以說是「有意的主張白話文學」。他們的最大缺點是把社會分作兩部分：一邊是……應該用白話的「他們」，一邊是應該做古文詩的「我們」。我們不妨仍舊吃肉，但他們下等社會不配吃肉，只好拋塊骨頭給他們去吃罷！這種態度是不行的。㉚

這段話不免引喻失義，因為那些有識之士以民族興亡為念，想教育民眾，投合大眾需求的做法，怎能被扭曲為高居人上的階級意識？他們擔心民眾「不能」讀文言文，不是認為「不配」讀文言文。胡適這種為群眾抱不平的話，似有訴諸群眾以爭取主導權之意味。

胡適在這方面是成功的，他把原本是不受時空拘限之共同書面語言——文言文及其作品，稱之為死文字、死文學；把隨時空變化的口頭語言及其作品，稱之為活文字、活文學。於是受新式教育的新興知識分子，以及中國社會新湧現的新式工商業人士，可以心不虛、色不赧的說自己不懂文言文，甚而冠冕堂皇的鄙夷文言文。這些人在全國人口中，其比例可能是微不足道，但在識字人口中，已漸成多數，而且他們集中在少數都市，熱心參與各項公共事務，成為當時中國社會、經濟、政治和文化活動的中堅力量。一九一九年五四事件在北京發生，

㉚〈五十年來中國之文學〉，見《胡適文存》二集卷一，頁二四六。

旋即在全國各主要城市引發大規模的罷課、罷工與罷市，其動員之大，層面之廣，在中國歷史上前所未有。[31]在此前後，各大城市也紛紛成立工商學聯合會的組織，顯示中國都會地區社會組織形態產生重大變化。胡適的主張深得其心，於是藉著這些有組織、有力量的群眾，引導風潮，成為主導的力量。

伍

如前所述，胡適對古典文獻有所研習，有文言文方面的訓練，因此在他攻擊舊文學時不至於無的放矢；而創作新文學時，也能在他所謂死文學中得到不少的營養。在他〈談新詩〉裡便明白地指出：沈尹默、傅斯年、俞平伯、康白情的新詩，變化自古樂府與詞曲；他自己的〈鴿子〉與〈送叔永回四川〉，也帶著詞調；〈一顆星兒〉的音節方法，更是「舊詩音節的精采」。他所取資的當然不止這些，以他自己最得意的白話新詩〈老鴉〉，[32]其實就是取意於

[31] 見余英時《中國近代史上的胡適》（臺北，聯經出版公司，一九八四），頁三一。

[32] 胡適在〈談新詩〉及〈嘗試集再版自序〉二文中，一再以「戲臺裏喝采」自我解嘲，然後即舉〈老鴉〉，可見其自得之情。見《胡適文存》一集卷一，頁一八五及二四六。

范仲淹〈靈烏賦〉：「彼啞啞兮如愬，請臆對而忍論」，「思報之意，厥聲或異；憂於未形，恐於未熾。知我者謂吉之先，不知我者謂凶之類」，強調「寧鳴而生，不默而死」。㉝從胡適〈寧鳴而生，不默而死〉一文，稱范仲淹〈靈烏賦〉是「中國古代哲人爭自由的重要文獻」，可見此詩其來有自。另一首〈一顆星兒〉，也是他的得意之作，其膾炙人口且為命意所在的「我望遍天邊/尋不見一點半點光明/回轉頭來/只有你在楊柳高頭依舊亮晶晶地」，便是得自辛棄疾〈青玉案〉：「眾裏尋它千百度，驀然回首，那人卻在燈火闌珊處」。

可是胡適以革命者的姿態出現，將中國古典（非白話的）文學宣判為「假文學」、「死文學」，強調：「這二千年的文人所做的文學都是死的，都是用死了的語言文字做的。死文字決不能產出活文學。所以中國這二千年只有些死文學；只有些沒有價值的死文學。」「都是沒有生氣的古董，都是博物院中的陳列品」。㉞還說：「中國文學的方法實在不完備，不夠作我們的模範」，「若從材料一方面看來，中國文學更沒有做模範的價值」，「西洋的文學方法，比我們的文學，實在完備得多，高明得多」，「更以小說而論，那材料之精確，體裁之完備，命意之高超，描寫之工切，心理解剖之細密，社會問題討論之透切……真是美不勝收」，「所以我

㉝ 見《御定歷代賦彙》卷一二九，頁二〇。

㉞ 皆見於〈建設的文學革命論〉，《胡適文存》一集卷一，頁五七。

說：我們如果真要研究文學的方法，不可不趕緊繙譯西洋的文學名著做我們的模範」。㉟

這些未經細密分析即做成全面否定的論斷，不免有草率與武斷之嫌，其態度是否客觀、批判是否理性，更是令人懷疑。革命是非常之事業、非常之破壞，他之所以如此，自有它當時的需要和理由。但一代宗師之地位確立之後，他的言論便成為權威，他的主張被奉為圭臬，於是中國古典文學以至傳統學術，都被人理直氣壯地當做「古董」送入「博物院」，留給考古學者去處理與研究。其影響極為深遠，柯慶明感慨地指出：胡適「無形中等於全盤否定了中國文學傳統的價值」。並說：

因此中國文學的傳統就嚴重的斷裂為兩截，古典文學將近三千年以上的傳統就不免要「流離成鄙賤」而淪為歷史中破敗的廢墟，只剩下一點點考古的價值，已經不再具有提供文學創作之相關知識與基本技能的功能，當然也就更沒有所謂向前邁進的發展可言了。另外一截新文學的傳統，只有七十幾年，但卻是西洋文學的一個歧出的旁支，是中心之外遙遠的邊緣，永遠在嚮往歐美中心的流行，永遠是橘逾淮為枳的擬仿。因為基本上是一個依賴體系，所謂傳統亦因其缺乏主體性而不成其為傳統。使得取經人

㉟ 同㉞，頁七〇～七二。

終要懷疑眼前的偽訛而要絡繹不絕於紐約、巴黎的路上，而任何東土的論說，終究不抵西天新到經典的權威。新文學的玄奘不少，但新文學的慧能還沒出現。因此培養作家的工作，似乎責無旁貸的應該推給外文系，而中文系不預焉。㊱

中國文學系的窘境不僅於此，因為絡繹到西天去取經、以西洋馬首是瞻的不只是文學界，還包括其他學科。於是中國古代所有學術的研究，就大半丟給中國文學系，現代知識分子可以讀不懂他自己專業領域的古代文獻，可以不知道祖先為子孫留下的知識遺產，而認為那些是給中國文學系的師生讀的，中國文學系師生成為破敗廢墟的守護者。這種怪現象，中國現代知識分子習以為常，還有人竟因此以為中國文學系師生抱殘守缺，是沈緬過去、拒絕現代化的一群。這些怪現象與偏見，都可以說是胡適的文學革命所留下的後遺症。

㊱ 柯慶明〈中文系格局下的文學教育〉（臺北，大學人文教育教學研討會，一九九二年六月十八日），頁四五～四六。

陸

以此看來，胡適扣緊時代的脈動，在中國社會產生結構性改變、知識分子和使用文字者產生質變與量變的情況下，因應新社會的迫切需要，適時提出文學革命。所以他在中國文學史上，雖然算不上是很成功的新文學創作者，但自有其不可磨滅的地位。

胡適在創作新文學作品時，汲取了中國舊文學為其源泉活水，但其文學革命將它稱之為死文學、假文學，等於全盤否定了中國古典文學的價值，扭斷了中國文學傳統的臍帶，鼓吹器官的移植，把母體當做「木乃伊」送進「博物館」，讓新生兒吸取西洋文學的奶水。從此，中國新文學不但因體質有別而難以調適，更使它儼然成為西洋文學歧出的旁支，打不進核心、難以獲得青睞。以龐大的漢字使用人口，近百年努力竟未能有諾貝爾文學獎的獲得，其原因固然很多，斷絕傳統的滋養，逾淮為枳的移植，可能是重要原因之一。這恐怕是他所始料未及的吧！

胡適的文學革命，以通行數千年的書面語言——文言文為死文字，棄之如敝屣，不但造成中國文學傳統的嚴重斷層，也造成中國學術發展的嚴重阻礙。一方面塑造了中國文學系涵蓋面特大、考古性較強、實用性較弱的特殊屬性；另方面使很多新知識分子將其專業知識根植於西洋的體系，不是無視於本土傳統的豐富資源，就是將它視為難以背負的包袱。這可能也不是他所預期的。

就中國文學發展的歷史來看，胡適的文學革命是天旋地轉的大事，他截斷了自屈原以來所苦心經營的語言藝術傳統，廢棄了士大夫代代傳承的書面語言結構。這原本也是時勢所趨不得不然，但由於他的學養與眼光，適時提出主張，成就了「新文化運動之父」的令名。於是當年為矯枉而過正的主張，都成為金科玉律，而產生了副作用。如今，我們應該本著他所主張的理性批判的態度、不被牽著鼻子走的精神，再重新檢討；同時，我們也該自己負責、自行研判，珍取本土傳統的豐富資源，重建自己的體系與特色，以免後人嗤我輩愚昧為人所愚、或把日後累積的惡果歸咎胡先生，才對得起這位「中國的哥白尼」，對得起我們的先人與歷史傳統。

在臺灣有關傳統文化教育的危機

提要

本文有兩個重點。首先列舉文學革命與新文化運動所造成的後遺症，以討論當前臺灣地區傳統文化傳承的危機。

現代知識分子大多不研究自己專業領域中屬於我們傳統的古代文獻，以為研究傳統古文獻為大學中文系師生的責任，竟又鄙夷中文系為破敗廢墟的守護者，為其後遺症之一。

當前學術大多根植於西洋體系，知識分子否定文言文的功能，以為國文課程教文言文，完全背離時代需要。於是恣意減少各級學校國文教學比重，為其後遺症之二。

在許多人心目中，傳統文化全是博物館的陳列品，使整個文化傳承產生斷層，其發展缺乏自主性，生活與精神則失去根土，人們因而鄙棄自身背景，對文化族群缺乏認同，為後遺症之三。

本文重點乃在說明：文化的傳承，在於知識領域中累積前人的成果，在生活上受用先人的智慧，在精神上踵武前賢、認同族群。因此，加強文化教育，實為當務之急。至於文言文乃吸取傳統文化資源之利器，為增進國人人文素養所必需，故此方面之訓練不應受到苛責。

其次是以當前討論問題過於泛政治化所造成的後遺症，以說明臺灣地區傳統文化傳承的另一個危機。

壹

傳統觀念的中國是多民族所組成的國家，方言歧異，也沒有統一的宗教信仰。數千年來，除了以政治、經濟、軍事力量來維繫之外，完全靠漢文字的推展和文化的交流，以凝聚其感情；甚至視文化的融合，為民族的同化而可不分彼此，所謂「用夷禮則夷之，進於中國則中國之」，❶於是有「融合各種族成為單一的中華民族」之說。❷姑且不論中華民族是否可以算

❶ 韓愈〈原道〉語，謂孔子作《春秋》即如此。為《公羊》、《穀梁》所闡述。這雖只是主觀感情的認

是單一民族，而文化的認同，一直是民族認同的指標，凝聚民族感情的利器，這是不爭的事實。

因此，如今在臺灣產生所謂國家認同問題，這原本是政治問題，也就不免牽扯到文化的層面：主張臺灣獨立，固然是要自外於現實世界政治的中國，也有人想在文化上扭斷臍帶，以為非如此不足以獨立；反對臺灣獨立者，絕大多數也是不願被現實世界政治的中國所統一，所認同的是文化的中國，傳統觀念的中國，主張要等到政治的中國有所改變，才談統一。於是政治問題便夾雜文化問題，談文化問題也就難免涉及或影響政治立場。

不過本文仍試圖讓政治歸政治，文化問題歸文化問題，以傳統文化教育工作者的立場，談在臺灣有關傳統文化教育的危機。談臺灣的傳統文化，原本就離不開中國傳統文化。在此所謂的中國，是傳統觀念的中國，是文化意涵的中國，為避免混淆，所以本文將稱之為中華。而所謂中華傳統文化，是指以漢族為主導的漢文化。至於以漢文化為主導是否合理，是屬於政策層面的討論，暫不列入本文討論範圍。

可，但歷來中國知識分子皆以此為圭臬。

❷ 弘揚孫中山先生學術者，莫不如此主張，臺灣地區中小學課本皆如此闡揚。

貳

就整體來說，中華傳統文化的傳承，呈現相當嚴重的斷層危機。在中國大陸地區，十年文革造成的嚴重破壞，以及現代化所造成的文化衝擊，固不待言。因此，有人倡言：看中華傳統文化要在臺灣。其實，在臺灣地區，中華傳統文化的傳承也危機重重，甚至面臨繼絕存亡的時刻。

造成臺灣傳統文化傳承的危機，卻應從民初在大陸地區推展的文學革命與新文化運動說起。

由於晚清以來，中國社會已有重大的改變，廢除科舉，成立新式學堂，知識分子的養成教育迥異於前；加以工商業更趨發達，服公職已非知識分子唯一的出路，使用文字也不再是知識分子的專能。新知識分子以及使用文字的工商人士，相對於舊社會士大夫的養成，他們缺乏古典文獻的研習與訓練，對歷來不受時空拘限之共同書面語言（文言文）的運用，自然備感困難；對書面語言與口頭語言一元化的需求，當然日益迫切。很顯然的，使用文字的人口增加，而其中受傳統士大夫訓練者的比例漸趨減少，於是知識分子與社會大眾溝通的書面語言，也就不能不有所調整。胡適趁時順勢，與陳獨秀等人士，提出文學革命與新文化運動，這原本也是時勢所必然。

但當時文學革命者，如胡適將中國古典（非白話的）文學宣判為「假文學」、「死文學」，強調：「這二千年的文人所做的文學都是死的，都是用死了的語言文字做的。死文字決不能產出活文學。所以中國這二千年只有些死文學；只有些沒有價值的死文學。」「都是沒有生氣的古董，都是博物院中的陳列品」。❸還說：「中國文學的方法實在不完備，不夠作我們的模範」，「若從材料一方面看來，中國文學更沒有做模範的價值」，「西洋的文學方法，比我們的文學，實在完備得多，高明得多」，「更以小說而論，那材料之精確，體裁之完備，命意之高超，描寫之工切，心理解剖之細密，社會問題討論之透切……真是美不勝收」，「所以我說：我們如果真要研究文學的方法，不可不趕緊繙譯西洋的文學名著做我們的模範」。❹

這些未經細密分析即做成全面否定的論斷，不免有草率與武斷之嫌，其態度是否客觀、批判是否理性，更是令人懷疑。革命是非常之事業、非常之破壞，他之所以如此，自有它當時的需要和理由。但他在臺灣地區為一代宗師之地位，是被一般知識分子所肯定的，他的言

❸ 皆見於〈建設的文學革命論〉，《胡適文存》一集卷一，頁五七。

❹ 同❸，頁七○～七二。

論被視為權威，他的主張被奉為圭臬，於是中國古典文學以至傳統學術，都被人理直氣壯地當做「古董」送入「博物院」，只留給考古學者去處理與研究。其影響極為深遠，柯慶明即曾感慨地指出：胡適「無形中等於全盤否定了中國文學傳統的價值」。並說：

因此中國文學的傳統就嚴重的斷裂為兩截，古典文學將近三千年以上的傳統就不免要「流離成鄙賤」而淪為歷史中破敗的廢墟，只剩下一點點考古的價值，已經不再具有提供文學創作之相關知識與基本技能的功能，當然也就更沒有所謂向前邁進的發展可言了。另外一截新文學的傳統，只有七十幾年，但卻是西洋文學的一個歧出的旁支，是中心之外遙遠的邊緣，永遠在嚮往歐美中心的流行，永遠是橘逾淮為枳的擬仿。因為基本上是一個依賴體系，所謂傳統亦因其缺乏主體性而不成其為傳統。使得取經人終要懷疑眼前的偽訛而要絡繹不絕於紐約、巴黎的路上，而任何東土的論說，終究不抵西天新到經典的權威。新文學的玄奘不少，但新文學的慧能還沒出現。因此培養作家的工作，似乎責無旁貸的應該推給外文系，而中文系不預焉。[5]

[5] 柯慶明〈中文系格局下的文學教育〉（臺北，大學人文教育教學研討會，一九九二年六月十八日），頁四五～四六。

在臺灣地區中國文學系的窘境不僅於此，因為絡繹到西天去取經、以西洋馬首是瞻的不只是文學界，還包括其他學科。於是中國古代所有學術的研究，就大半丟給中國文學系，現代知識分子可以讀不懂他自己專業領域的古代文獻，可以不知道祖先為子孫留下的知識遺產，而認為那些是給中國文學系的師生讀的，中國文學系師生成為破敗廢墟的守護者。這種怪現象，許多現代知識分子習以為常，還有人竟因此以為中國文學系師生抱殘守缺，是沉緬過去、拒絕現代化的一群。❻

叁

或許有人認為：儘管人們對中國文學系有誤解與偏見，似乎仍不足以構成中華傳統文化傳承的斷絕。因為它雖然孤立，但目前在臺灣地區有十八所大學設有中文系，❼十八所大學

---

❻ 本節所述，皆為拙作〈胡適的文學革命與中國文學傳統〉（漢城，第十二屆中國學國際研討會，一九九二年八月二十三日）之摘述。

❼ 筆者撰就此文時，含中國語文系及各師範大學的國文系（但不含各師範學院的語文教育學系），共有

設有中文研究所碩士班，❽十二所中文研究所有博士班，❾保留一片不小的生存空間，足以讓它生生不息。何況在各大學的哲學系、歷史學系仍有部分師生孜孜於中國學術的研究，他們都在默默地耕耘，而有不錯的成績。

這些話固然是事實，但文化的傳承不應該囿於象牙塔中，就像文化的展示不應該限於博物館是一樣的。它應該表現在人們現代的生活中。目前掌握傳播媒體、主控文教法政決策者，以及非文史哲領域的知識分子，還有一般大眾，絕大多數對豐富的傳統文化遺產，相當的隔閡與疏離，早已構成文化族群凝聚力的渙散。

新文化運動的倡導，原本是要通過批判的態度（重新估價），對中國固有文明進行了解和重建，以另造文明。❿是對中華文化作浴火重生的期許。事實證明：它為國家現代化掃除障

政治大學、臺灣大學、臺灣師大、中央大學、清華大學、中興大學、彰化師大、中正大學、成功大學、中山大學、高雄師大、輔仁大學、東吳大學、淡江大學、東海大學、靜宜大學、逢甲大學、華梵學院等，共十八所大學。尚有已核准而未招生的暨南大學、東華大學不計算在內。

❽ 筆者撰就此文時，上列十八所大學，華梵學院之外，皆設有中文研究所（含清華大學文學研究所中文組）。大學部未招生之暨南大學研究所已招生。

❾ 設中文研究所者，除中興大學、暨南大學、淡江大學、逢甲大學、靜宜大學、彰化師大外，均設有博士班。

礙，確有不少的貢獻；但對固有文明進行了解和重建，則功過難以相抵。

他們為使文學革命能夠成功，提出了矯枉過正的主張，其負面的影響就十分深遠，他們把原本不受時空拘限之共同書面語言——文言文及其作品，一概稱之為死文字、死文學；把隨時空變化的口頭語言及其作品，統稱之為活文字、活文學。其以偏概全不合理性是顯而易見的，但如今受新式教育的新興知識分子，卻多不加思慮而受其影響，於是心不虛、色不赧的說自己不懂文言文，甚而冠冕堂皇的鄙夷文言文。因為研究博物館的「古董」，原本就不屬於他們的專業，做為現代人何必一定要認識「古董」？因此他們發現現在的高中國文仍大半是文言文，大學入學考試的國文試題考太多文言文的題目，便義正辭嚴地指責現在的中文學界，仍不能扣緊時代的脈動，緊抱著古人的屍骨不放，而與社會脫節。

現在多少所謂專家學者，除了讀過國文課本上的幾篇文言文外，從不接觸文言文的文學名著或學術原著，於是覺得學了文言文根本沒有用，⑪在他們心目中，國文教育應該定位在現代語文能力的訓練上。文言文的教學既非必要，那麼為減輕學生的課業負擔，各級學校國文課程的比重自然可以向下調整。所以近年來教育部不修訂各級學校課程標準則已，一經修

⑩ 唐德剛譯《胡適口述自傳》（臺北，傳記文學出版社，一九八一）。

⑪ 就像在初級中學學三年英文，如果不曾好好學，也會覺得學英文沒用。

訂，國文教學時數無不大幅削減，從職業學校、專科學校到大學，無不如此，與重視傳統文化的呼籲完全南轅北轍，與重視人文教育的時代潮流更是背道而馳。中文學界的力爭，被視為利益團體為維護既得利益的抗爭，被視為義和團的餘孽在作垂死的掙扎。

他們以現在的學生不重視國文，國文教學時數最多卻功能不彰為理由，要求國文教學全面改弦更張，甚至要求大學國文要教專業的應用文。殊不知在目前大學聯考制度下，高中學生不重視國文是理所當然的事。國文一科在大學入學聯考中只佔一百分，除去作文及課外閱讀測驗，所剩常不及六十分，命題範圍卻涵蓋高中國文課本及文化基本教材共十二冊。於是國文成為所有大學聯考科目中，份量最多，需要準備的時間最長，所得分數卻最少的一科，也難怪成為老師、家長、學生最不重視的一科了。如此情勢，國文老師怎不心餘力絀？學生不重視於先，教學效果如何彰顯？

至於大學國文，原本是人文科系以外的大學生接觸中國人文的最後機會，應當在此時培養他們閱讀原典的能力，使其成為具有中國人文素養的中國知識分子。如今大法官會議判定教育部規定大學共同必修科為違憲，於是各大學的國文課程岌岌可危，或醞釀取消或學分減少，或被要求用來教專業的應用文。就此以往，不久之後，文言文的文學名著或學術原著，在中國知識分子的眼中都將成為天書，他們的專業知識完全根植於西洋的體系，不是無視於本土傳統的豐富資源，就是將它視為難以背負的包袱。人文學科以外的專家學者，為了使自己不要成為愛因斯坦所謂「訓練有素的狗」，他們會比較容易了解貝多芬、莫札特、莎士比亞的成就，而無法進入屈原、杜甫、關漢卿的世界。他們無法繼承祖先豐富的遺產，無法體認民族感情的脈流，要他們對這文化族群產生歸屬感、產生無怨無悔的向心力，何異於緣木求魚？

肆

本來比較可以慶幸的是：在臺灣地區近四十年來，基於政治的考量，政府一直以宏揚中華文化為其不變的政策宣示。所以儘管一些知識分子或官員，根本不知中華文化為何物，直把它當做廢墟中的殘壁碎瓦，也不敢冒大不韙，倡言將它化為歷史的灰燼；儘管鄙夷傳統文化的維護者，視之為義和團的餘孽，也不敢倡言要趕盡殺絕。

但無可諱言的，在臺灣多少年來大多數的人提到要對中華文化善盡責任，總是想到故宮文物要如何妥善保護？要不然就是想到碩果僅存的民俗技藝，應如何不使它完全失傳？再不然就是數百年前的一級古蹟，該如何不再被破壞？當然，古蹟、古文物與民俗技藝都是重要的文化資產，都值得珍視、研究與保護，可是它畢竟都只是文化櫥窗的陳列品，離我們現代生活相當遙遠。

文化的傳承，更重要的是每個人在知識領域中累積前人的成果，在生活上受用先人的智慧，在精神上踵武前賢、認同族群。可是新文化運動，對傳統文化做太多的扭曲及以偏概全的誣衊，青年學子大多深受其影響，於是急於向西方求取權威的經典，奉為圭臬，依附其體系，追求其流行而唯恐不及，他們對本土採取輕蔑的態度，對前人所累積的成果全無了解，遑論通過批判的態度(重新估價)，對固有文明進行了解和重建?在歐風美雨的吹沐下，不論生活上或精神上，都以西洋馬首是瞻，既失去自主，復鄙棄自身的背景，又遑論對文化族群的認同?

由於時間的推移，當年受新文化運動影響的知識分子，早已成為社會的主幹，主宰學術文化和政治決策，並經世代交替，西化益深，傳統文化的濡染每下愈況，人們與本土文化傳統的隔閡日益擴大，這已是不爭的事實。

在物理、化學、工程、機械等學科的領域中，本土先賢留下的文獻十分有限，吸取他們的成果對於超越西方的成就，或許不可能有所幫助，自當移植西方體系再求發展；民主政治與經濟發展，歐美先進國家早我們兩三百年起步摸索，我們更當大量吸取其經驗。這一些自然數理科學及可相互規仿的制度，只要合乎國情，全盤西化也無妨。

另外，如生命科學的理論和醫療的技術，本土先賢留下不少的文獻，我們則不妨善加運用。目前漢醫和西醫成為兩個完整的體系，各自發展，政府醫藥衛生機構雖掌握在西醫體系的手中，但兩個體系已有互取所長逐漸整合的跡象，未來可能為中華醫學大放異彩。像這種發展應正是我們所期待的。

可是令人感到遺憾的是：傳統的中國人文學術，有極豐碩成果，政府雖然一再重申宏揚中華文化，但主掌教育與文化政策者，對傳統人文學術，仍傾向於把它當作博物館的「古董」，以保存古物維護古蹟的作法，來加以善待，像對待少數文化族群的特殊文化活動，只是用以充實供人參觀的文化櫥窗而已。於是長袖善舞之徒揮著復興中華文化的大纛，藉此瓜分資源；冬烘之流也走上檯面，從事近乎舊文化局部復辟的工作。真正能傳承傳統文化的各級學校國文教學，卻恣意刪減、任其萎縮，怎不令人浩嘆！

伍

把當前傳統文化傳承的斷層危機，完全歸咎於六七十年前的新文化運動，或許是不公平的；但造成當今現象的心態與論調，是得自文學革命，源自新文化運動，則斑斑可考，並非攀誣。

當年文學革命運動，為提倡白話文，不得不極力抨擊文言文；為強調白話文也可以寫出傑作，不得不頌揚歷代的通俗作品，甚至不惜醜化以文言文為表達工具的古典文學。不料因他們用力過猛，竟扭斷中國文學傳統的臍帶，堵塞了提供源泉活水的渠道。其後，所推衍的新文化運動，原本是為推展東西文化的融合，以促進社會的現代化，當時為排除保守勢力的阻撓，不得不砍伐傳統文化部分的枝葉。不料又因風雲際會，它們竟動搖根本而造成本土文化的偏枯。

其後雖然有人想設法重接扭斷的臍帶，疏通堵塞的渠道，挽救動搖的根本，但總是勢孤力單。因為許多後繼者在扭斷臍帶之後，背井離鄉另取奶水；在動搖根本之後，另覓遮蔭，而在臺灣地區正大體由這些人主持其事。他們對傳統仍有眷顧之情，就以留做骨董、作成標本、存入博物館的方式加以處理。他們留中國文學系師生做為這破敗廢墟的守護者，以示對傳統文化的寬容；刪減各級學校的國文教學時數，認為這是時勢所趨，社會大眾也不以為意。

今天我們如果還認定：文化的認同，是民族認同的指標，凝聚民族感情的利器；深植中華傳統文化於人心，是中華兒女團結族群、認同國家的重要法門。如果我們不願因文化傳承的斷層，使國人不認同自己的文化族群以致精神無主，於是一味崇洋媚外。我們便應該為大學中國文學系重新定位與規劃；⑫同時，也該打開文化的櫥窗，讓骨董化了的傳統文化，恢復它的生機，讓它活在人們的精神裡，表現在國人的生活中，加強國文教學將是當務之急。

當然，我們更該清楚地知道：文言文不是控馭僵屍的符咒，而是解讀中國古籍、探究文化的利器，就像英文、法文、德文、日文一樣，學好它就像多了一把鎖鑰，將使你獲得更多的資訊，知識分子可以重視它、也可以放棄它。不過這把鎖鑰既然可開啟祖先辛勤儲積的寶庫，可讓我們承繼先人的智慧遺產，中華兒女豈可輕言放棄？那麼，文言文的教學以及考文言文的題目，也就不是不能扣緊時代脈動而與社會脫節的行為，而是國人增進中國人文素養所必需。因此，當前的文言文的國文教學，應該不再受到苛責才是；各級學校的國文授課時數，是不是可以這樣一減再減，也就不無商榷的餘地。

⑫ 有關大學中國文學系重新定位與規劃，柯慶明〈中文系格局下的文學教育〉，已多所闡述，因非本文主題，在此不贅。有關大學中國文學系學程的規劃，本人曾奉教育部之委託，於民國八十四年六月三〇日提出成果報告，曾分送大學中文學系，敬請參考。

如今更令人感到氣餒的是：目前在臺灣，受到討論問題時都不免泛政治化的影響，連維護傳統文化最後的碉堡——大學中國文學系，都飽受砲火的洗禮。

由於政治上的威權解體，傳統文化也失去了保護傘。其實，讓政治歸政治，文化歸文化，對傳統文化的闡揚未嘗不是一個轉機。不料在籲請大學成立臺灣文學系聲中，它卻遭受池魚之殃。數年前政大中文系受教育部顧問室之委託，從事大學中文系學程的規劃研究，將中文系課程規劃出幾套學程，因廣詢意見，以致資訊誤傳，於是規畫報告尚未完成之前，便有立法委員提出質詢。其「案由」說：

我國大學中充斥著無根的中國文學系，卻無一臺灣文學系，此一因政治壓迫所造成的結果，至今未能有所匡正已夠悲哀，如今教育部竟又計畫將國內各大學的中文系擴大細分為數組，強化中國文學的教學與推廣，實為荒謬之至。本席以為：中國一直是臺灣的敵國，此為無法否認之事實，過去由於歷史包袱所造成的國家認同混淆，成為目前臺灣人民心防上最大危機。

在其「說明」中還說：

目前我國大專院校中，只要是綜合大學幾乎都設有中文系，因此數目可說相當驚人，再加上各校普遍設有博、碩士班之中文研究所，則每年所培養出來的學生數量更是龐大。這些人經過多年的中國文學訓練，幾乎毫無例外地會變成一個脫離臺灣現實的大中國主義者，而國內的各高、初中和小學之國文老師又完全由這些人擔任，因此所造成的大中國主義惡劣影響非常大，也是臺灣人民心防遲遲無法建立的主因。

相反的，對於真正屬於我們自己之文學財產的臺灣文學，環視目前國內各大學，仍無「臺灣文學系」之設立，這種在自己國家大學裡找不到研究自己國家文學之科系所，卻充斥著全力推廣敵國文學之科系所的怪現象，除了在過去殖民主義盛行時的殖民地中可見到外，在現今世界中可說已絕跡。但不幸的臺灣卻是這樣一個絕無僅有的例外。在流亡的國民黨外來政權的政治壓迫下，臺灣文學不見了，剩下的只是無根的中國文學，臺灣文學在大學的文學教育中被歸為中國文學的一小部分，是不登大雅之堂的邊陸文學，在大學中文系裡若有願意開一門臺灣文學課程的已是極不容易，更何況在高、初中和小學課文裡影響所及，臺灣人不知有臺灣文學，更不懂臺灣文學，這是臺灣人的悲哀。⑬

在討論問題泛政治化的情況下，一群默默為傳統文化耕耘的教育工作者，曾幾何時，竟被指為「脫離臺灣現實的大中國主義者」，渾渾噩噩地做「全力推廣敵國文學」的工作。這頂帽子，對臺灣傳統文化教育無異是雪上加霜，將更加深它的危機。

其實，關懷本土，研究本土，是天經地義的，臺灣文學的研究，是值得鼓勵也應該提倡的。臺灣文學系的設置，我們應樂觀其成，首先要解決還是師資問題。若及早成立臺灣研究所，招收中文系、歷史系、社會系、經濟系、政治系，甚至日語系的大學畢業生，從事臺灣研究，或許是解決這問題而又強化本土研究最便捷、最有效的方法。同時還應該是轉化臺灣傳統文化教育危機的有效策略。

當前臺灣本土文化的主流是根源於漢文化，這是目前無法扭斷的臍帶。不論什麼政治立

⑬ 以上三段皆引自立法院第二屆第五會期第二十三次會議議案關係文書，民國八十四年五月十七日印出，專案質詢編碼2–5–23–2973。

場，只要我們不願文化失根，不願因文化傳承的斷層，使同胞不認同自己的文化族群，我們便應該重視傳統文化教育。同時，更該打開文化的櫥窗，讓它在社區裡落實生根，讓骨董化了的傳統文化，恢復它的生機，讓它活在人們的精神裡，表現在社區的生活中，而加強學校的國文教學並在社區推展，那才是根本解決之道。

大學國文採專題教學之評估

壹　評估大學國文教學面臨之困境

由於社會的轉型，社會制度與觀念，都產生結構性的改變，有很多從來沒有什麼問題的事物，開始出現了問題。固然有些原先不合理的架構，終於得到調整的機會；但也有些原本合理的制度，卻可能因積習難改，造成制度的根本動搖。

對大學生而言，再施予一年本國語文訓練，原本合理而必要。可是目前大學國文教學，卻內憂外患紛至沓來，有些語文教育工作者，認為已到「人為刀俎」的境地，而事到如今，「廢除它也未嘗不可」。❶

到底大學國文教學有哪些內憂外患，竟使「行內人」也無奈地要讓它「安樂死」呢？內憂方面，大致有三：

一是來自師資方面：有人說：「我們想一想，我們派出去教大一國文的老師是哪些人？不是資歷最淺，就是他本身沒有能力在中文系教專書；或者是年事已高，不能再進修的人，這樣的師資陣容也難怪外界不尊重我們。即使修訂教材，菜色的花樣變了，廚子沒有變，又怎麼能煮得好吃？」❷這或許是存在的事實，主事者作此安排，當然不應該，不過國文教師資淺年輕，作此安排也未嘗不好。如教師平均年齡較低的清華大學，他們的國文老師，「大部分是博士班研究生，上課都很認真，表現得也很熱烈。」❸只要讓他們去教他們專長的領域，他們一定可以很稱職。至於年長教授，只要學有專精，即使不再進修，教國文課程應該游有餘刃，就看有沒有給他較大的發展空間，所以這些應該都是可以改善的。讓每個廚子專做幾道拿手的菜，該會比較精彩才是。

❶ 係民國七十七年十月廿日，時為淡江大學中文系主任龔鵬程，於「革新大一國文教育」座談會所述。見《國文天地》四十三期（民國七十七年十二月出版），頁一六。

❷ 見《國文天地》四十三期（民國七十七年十二月出版），頁一四。

❸ 時為清華大學中語系主任陳萬益所述，見《國文天地》四十三期（民國七十七年十二月出版），頁一六。

二是教法問題：如果教國文「機械而僵化，老師只會將文言文翻成白話文」，❹那當然不受學生的歡迎。通常在大學裡，因為沒有聯考的桎梏，教法可以更為靈活。即使有會考制度，也仍有很大的彈性空間，供老師發揮，或旁徵博引、或自由討論；加以在大學裡，都有比中學更豐富的圖書設備，讓學生課前多準備、課堂上多發揮，教師退居輔導的地位，是很容易做到的，這種改變在客觀環境方面完全沒有困難。

三是教材問題：傳統的大學國文教學，原本就是高中國文教學的延長，在這講究功利速效的時代，不免有人要問：多教幾篇較艱深的文章，到底提升了多少語文能力？於是出現了「不要使大一國文成為高四國文」的呼聲。如今大學國文課程，可能對很多大學生來說：是培育中國人文素養、接受傳統文化薰陶的最後機會，我們或許可著眼於：如何統合學生在聯考壓力下所獲得的零碎知識？如何在解除聯考壓力後，指導他們涉獵中國名著原典？使本課程更具有大學課程的特色。

在外患方面，也可能有三：

一是來自學生方面：由於上述三方面的問題，學生當然有所反應，加以社會轉型，人人要求較大的自主權，於是有人主張將大學國文改為選修，「讓對該科真正有興趣的學生去

❹ 見《國文天地》四十三期（民國七十七年十二月出版），頁一四。

修」，❺或希望「教材能編選一些較實用的內容」，❻或「加入現代文學或古典小說」，❼不一而足。

其實，我們不能完全讓學生決定哪一科免修或該教什麼，就像病患不能決定自己該服什麼藥的道理是一樣的。不過醫師可以列出不同的醫療方式，陳述其利弊得失，以提供病患選擇。所以我們從事人文教育工作者，面對這些反應，自該有我們拿捏的分寸，提供專業的設計，讓學生選擇。

二是來自非文史教授方面：由於大學必修學分之減少，成為時勢之所趨，部分科系之教授，為維護其專業科目仍為必修，乃倡言刪減各科系共同必修科目。學分較多之國文，乃成眾矢之的。

其實，大學生都將成為中國社會的知識分子，當然需要比一般人多了解中國的文化，就如同美國密西根大山谷州立大學英文系主任傑樂馬（Prof. Jon Jellema）回答美國大學生何以

❺ 係臺大哲學系學生胡正梅所說，見〈來自學生的聲音——大一學生心中的國文〉（載於《國文天地》四十三期，頁二六）。

❻ 如北醫藥學系學生陳建華所提，見《國文天地》四十三期（民國七十七年十二月出版），頁二七。

❼ 淡大電子系學生鄭文熙所提，見《國文天地》四十三期（民國七十七年十二月出版）。

要再修英文一樣，❽何況當前專業掛帥、功利至上的社會，許多專家已漸缺乏人文素養，而如愛因斯坦所說，成為「訓練有素的狗」，如今如果再摧毀最後的主碉堡，後果如何，實不言而喻。

三是來自教育部的課程修訂：近年來教育部課程標準的修訂，各級學校國文教學時數，全被削減，在中小學本國語文教學時數已成全世界最少，❾在大學課程標準的修訂，也傾向於把國文列入通識教育，更曾一度「擬減少成四學分，各校可依各自情況甄試，合格的學生可以免修，但也不算入總必修學分中」，❿後來的修訂方案是擬縮為六學分。此案若通過，下次修訂仍有可能再減，國文教師如果不能力挽狂瀾，其前途如何，不問可知。

貳　政大學生問卷所透露的訊息

政治大學是以人文與社會科學為重點的大學，對國文教學一向極為重視，早在二、三十

❽ 見張雙英〈論今日大一國文的必要性〉，見《國文天地》四十三期（民國七十七年十二月出版），頁二三～二四。

❾ 見李威熊〈海峽兩岸及香港地區國小國中語文教育的比較〉，《教育資料集刊》第十五輯〈語文專刊〉，頁一九七～二二二。

年前，即制訂國文教學實施辦法，明定國文會考與作文展覽的制度，在國內大學院校中，可能是獨一無二的。我們一直採取選文式的傳統教學，由於會考制度是規定統一命題、彌封試卷、集中閱卷，所以教材全校統一。⓫由於歷任校長及各系教授的堅定支持，行之已久的制度倒也沒有太多的質疑。但社會轉型，我們感受到內外求變的壓力，便於七十七學年度略作調整，把國文教學分成兩部分：第一部分仍循舊制，希望將傳統的國文教學功能兼籌並顧，但教材教法則謀求改變。由於我們要有第二部分的教材，所以共同必授教材減半，但必須涵蓋經、史、子、集，藉以統合學生在高中國文所學之知能，使學生對中國學術文化有比較全面的了解；授課方式力求活潑，多讓學生主動學習，由教師提供問題，學生討論問題、解決問題。第二部分則讓各教學班師生共商專書或專題，使教師發揮專長，學生則可獲得較專精的訓練。兩部分平均分配在兩學期，第一部分的教學內容，仍採統一的會考，作嚴格的篩選；第二部分由教師自行考核。

⓾ 係根據黃啟方先生所述，見《國文天地》四十三期（民國七十七年十二月出版），頁一七。

⓫ 我們曾依文、法、商學院，酌量選不同的教材，但終因全校大一國文分兩時段，採多系混合編組的方式，調配無法靈活機動，加以會考制度下，不同教材要統一命題，技術上也有困難，所以又回到一律標準化的道路。

七十七學年度只是以減少共同教材做為試辦，七十八學年度則規定各教學班必須明定專書或專題，作完整的教學設計。當時預期在七十九學年度將改為第一部分共同教材在第一學期授畢，第二學期專授專題或專書。到八十學年度第二學期，專題部分將由學生選組。於是在七十九學年度結束前，向修讀國文的學生做了一次全面的問卷調查，對象有1,821人，⑫實際回收1,265份有效卷，問卷中強調此次調查結果，關係日後興革的方向，為造福學弟妹，務必謹慎填寫。問卷中共問了五個問題：

問題一：你覺得下列的方式，何者較為理想？一、全校大一全學年用共同的國文教材，混合編組，以齊一水準（74人圈選，佔5.85%，此為本校國文教學之舊制）。二、採用現行方式，混合編組，一部分採用共同教材，另一部分依教師專長與同學興趣，加以設計（359人圈選，佔28.38%，此為當時過渡期所用的方式）。三、建議改為上學期混合編組，各組用共同教材，下學期依教材分組，由學生在選課時自選組別（709人圈選，佔56.05%，此為我們預期將採用的方式）。作其他建議者有108人，佔8.54%，其中不乏建議兩學期皆採專題者，可見我們所設計的專題教學方式，得到80%以上的肯定。

問題二：如果一年級上學期採全校共同教材，你覺得應該：一、講解這些課文，以提升

---

⑫ 扣除中文系學生、重修組及外籍生，皆因未採專題教學，所以不在調查範圍之內。

人文素養為主要目標（481人圈選，佔38.02%）。二、指定共同課文，自行閱讀，上課之教材採專題討論方式，以輔導學生自學為主（745人圈選，佔58.9%）。可見學生願花更多的時間來討論專題，對這學科期許仍然很高，並不是抱著應付或取營養學分的心態，這是很令人鼓舞的訊息。

問題三：如果一年級下學期國文採教材分組，你會選哪一組？請就以下三十個專題圈選前三志願。所得統計數字如下：

編號	科目	總人數	圈選次序人數 1	圈選次序人數 2	圈選次序人數 3	圈選次序人數 未計次序	百分比（含未計次）
1	詩經選讀	140	59	29	31	21	11.07%
2	尚書選讀	4	2	1	0	1	0.32%

3	易經選讀	116	26	22	46	22	9.17%
4	禮記選讀	10	1	3	5	1	0.79%
5	左傳選讀	47	10	13	14	10	3.72%
6	史記選讀	325	107	97	65	56	25.69%
7	戰國策選讀	91	17	33	31	10	7.19%
8	資治通鑑選讀	81	16	27	27	11	6.4%
9	老子選讀	148	44	40	34	30	11.7%

10	莊子選讀	191	49	54	49	39	15.1%
11	四書選讀	31	8	12	9	2	2.54%
12	法家文選讀	61	7	19	25	10	4.82%
13	宋元理學要義	13	1	5	5	2	1.03%
14	唐宋八大家文選	129	40	39	31	19	10.2%
15	駢文選讀	14	1	5	8	0	1.11%
16	樂府詩選讀	47	5	11	26	5	3.72%

23	22	21	20	19	18	17
中國現代散文選析	中國現代詩選析	中國現代小說選析	古典小說選析	元曲選讀	宋詞選讀	唐詩選讀
369	98	425	370	39	338	326
47	24	181	97	4	96	109
87	23	98	105	7	118	111
97	34	84	123	21	77	63
38	17	62	45	7	47	43
29.17%	7.75%	33.6%	29.25%	3.08%	26.72%	25.77%

24	東萊博議選讀	14	2	2	6	4	1.11%
25	韓非子選讀	48	14	13	14	7	3.79%
26	荀子選讀	14	4	1	6	3	1.11%
27	文心雕龍選讀	14	1	4	7	2	11.11%
28	中國文字學專題	50	11	16	18	5	3.95%
29	中國文化專題	82	17	25	29	11	6.48%
30	中國思想專題	156	46	36	52	22	12.33%

因為部分學生未標出志願次序，只以打勾方式圈選三個志願，本表列入「未計次序」一欄。其中以填中國現代小說選析者，超過三分之一為最多，其次是古典小說選析、中國現代散文選析、宋詞選讀、唐詩選讀、史記選讀等五個專題，都有四分之一以上的同學圈選。由此大致可見學生的興趣傾向。

問題四：如果上學期採取共同教材，下學期另選專題，你覺得國文會考制度應該：一、廢除（324人圈選，佔25.61%）。二、繼續（76人圈選，佔6%）。三、採折衷方式，上學期會考，下學期教專題，取消會考（836人圈選，佔66.09%）。由此可見會考制度仍受七成以上的支持，也表示他們對國文課程仍相當肯定。

問題五：如果下學期國文採用教材分組，學生可自由選組，你覺得學生可能會：一、因老師而選組（346人單選此項，佔27.35%）。二、因教材而選組（881人單選此項，佔69.64%）。另外42人，兩項皆選，表示兩者都是考慮的因素。

我們便據此規劃，於七十九學年下學期實施專題教學。

叁　專題教學優點之評估

當我們採行讓學生選擇專題之後，學期即將結束時，我們又做了問卷調查。此次收回1034份有效卷，其中有930份對這項措施表示肯定，佔89.94%；104份做否定的表示，佔10.06%，其中30份之所以不支持，是因他們主張兩學期都該實施專題教學，所以應該說：有960份支持專題教學，為有效問卷的92.84%，可見專題教學切合當前學生的需要，受到學生的高度肯定。

在1034份有效問卷中，有771份認為專題教學符合學生的個別興趣與需求，教學效果較為顯著，佔74.56%；有577份認為專題教學符合教師專長，所以上課較為精彩，佔55.80%；有525份認為專題選材，才有別於高中國文，而能得到較專精的知能，佔50.77%；有722份認為專題選組最大的長處是給學生較大的選擇空間，佔69.83%。（以上選項，可以複選。）

由學生的反應看來，專題教學對師資運用是有正面的作用。在政大實施後，有一半以上學生認為它使教師發揮所長，上課變得更精彩。當初我們規劃此制度時，校長張京育博士便肯定此制度。他說政大學生大多來自一流的中學，通常一流的高中多由資深老師擔任國文課程，他們對教材熟悉，對學生所遇到的學習困難瞭若指掌，教起來駕輕就熟，於是深得學生景仰；上了大學，教國文的老師，可能是年輕的博士，雖然學有專精，但教學時如果不能發揮所長，可能讓學生覺得大學老師反不如高中老師。教專題可讓老師一展長才，引領學生分享其研究心得，更符合大學教育的特性。

就教法方面而言，討論式教學既是較好而又受歡迎的方式，我們自可善加運用。然而採用專題教材比傳統選文式的教材，更容易進行討論式的教學，讓學生主動學習。因為選文式的教學，選材範圍太大，即使規劃範圍，各自準備，但當別人報告時，不免因與自己準備的內容相去太遠，在未能仔細檢索別人準備資料的情況下，難以發現問題，參與討論。在專題選材之後，每個討論子題的參考書目相近，討論時比較有共同的基礎。舉例來說，在選文式教材要採取各自報告、共同討論的方式，甲生準備的範圍是《禮記》，乙生準備的範圍是《莊子》，丙生準備的範圍是《文心雕龍》，屆時即使報告深入而精彩，各有所得，但學生的報告，恐怕還是比不上老師講解的精闢，而學生又無力涉獵所有各範圍的原典及基本資料，在討論時實在使不上力，於是缺乏討論的共同基礎。專題教學等於是把喜歡《禮記》、《莊子》、《史記》、《文心雕龍》的分別加以組合，讓他們讀同一原典，檢索相同的期刊資料與論文，儘管討論時各有子題，但相關性極高，所以在討論時必能很投入，發揮討論式教學的最大效果。

就教材來說，專題或專書教學不同於傳統國文教學，是透過集中選材，使學生對某一專題或專書的原典作較深入而全面的了解，是利用他們接觸中國傳統文獻的最後機會，施予導讀的教學，給予閱讀原典的訓練，讓他們日後有能力，也有興趣，自己去接觸原典。所以這不只是知識的灌輸、文化的薰陶，更是方法的訓練，因此有一半以上學生認為這可別於高中國文，這種訓練也是比較切合培養高級知識分子的需要。

學生之所以肯定專題教學，最主要是給他們較大的選擇空間（佔69.83%），符合學生個別興趣與需求，教學效果較為顯著（佔74.56%），因此，此制度不但有助於國文師資、教材、教法的改善，也可消除部分學生及非文史教師對本課程的批評。至於「教育部必修科目修訂委員會」之所以有減少國文學分之擬議，正是所有問題與批評所招致的結果。我們採專題教學，也未嘗不是一種釜底抽薪的辦法。我們需要四個學分課程，來統合高中國文所學的知能，建構其體系，而使大學生能全面觀照中國傳統文化與人文精神；另外還需要四個學分的課程，引導他們對自己較有興趣的部分，作深入的了解，並獲得一些閱讀原典的方法。

肆　專題教學之缺點及其補救之道

政大七十九學年度的專題教學問卷調查中，有104份認為此制度不好（佔10.06%），但其中有30份是主張兩學期皆應專題教學，所以真正否定專題教學者，僅74份，佔有效問卷的7.16%，這74份中有71份圈選了「由於組別與人數的限制，選不到自己真正需要的專題。」既提供選組，便依意願分發，但在主客觀條件的限制下，我們不可能讓學生全部選到第一志願。分發規則的訂定，是必要的，同時我們也不可能完全迎合學生的興趣，而失去我們教育的立場。換句話說，我們固然尊重學生的意願，但我們也要堅持理想與原則，不能完全依據市場取向，兩者之間如何尋求平衡，是我們所該研究的。我認為此次分發，熱門的專題若由教師訂定選取的標準，由學生提供作品或成績單讓教師審查，使能否入選，不是憑運氣，而是憑能力或性向，應可使分發更為合理，也可讓選不到第一志願的學生心服口服。

在問卷中另有51份，佔全數約4.93%，圈選「所開的課並不一定符合我們的需要」，人數雖不多，但也很值得注意，他們或許比較習慣於選文講解的上課方式。其中也有部分僑生語文能力未足以選讀專書，所以我們在設計專題教學時，便已商請數位老師教「綜合文選」。同時我們在分發時，凡第一志願未達12名之專題，以及分發到最後，填其志願仍未達18名之專題，一律改為「綜合文選」。被改為「綜合文選」之各組，於開學後仍可經由師生共商改設專題。「綜合文選」之設置，便是維護「不想選專題，或不知如何選專題的學生」的權益。

當然，學生表示「所開的課並不一定符合我們的需要」，也有可能是指專題開設太少，他們想學的專題，學校根本沒有開設。專題開設當然受到師資條件的限制，既實施專題教學，提供的專題自應多元化，以適應多元化社會不同興趣的不同需求，力求分配均勻合理，開設的尺度更宜審慎把握。以政大而言，由於我們中文系所的所有教師均投入大一國文的教學行列，對專題多樣化是有相當的幫助，加以新聘教師時，以我們目前較欠缺之人才，予以優先延攬，對專題開設符合實際需求，自有助益。

實施專題教學的選組，有一項弊端不能不防範，因為國文一學期有四學分，比重高，如果各組成績沒有標準化，可能造成部分學生選組時，不是以需要與興趣去考量，而是從「分數是否易得」、「要求是否寬鬆」去考量，存心矇混過關。所以實施選組前，訂定評定分數常模，訂定各班各級分數的百分比，是要預先規劃好的，免得苦心設計反而方便不用功學生得到庇護所，而使制度的優點大打折扣。

伍　澄清若干專題教學之疑慮

專題教學最被質疑的，是這種教學是否已背離國文教學的本質，達不到國文教學的目標？這質疑是可以理解的。我們在規劃專題教學時，分別在校務會議和行政會議中提出報告，通過辦法，即有少數人提出這些疑慮。在實施之後的問卷調查中，也有2.51%的學生認為專題教學「不合人文訓練的整體需要，達不到國文教學的目的」。其實，正如前所述，專題教學不同於傳統的國文教學，最主要的是透過集中選材，使學生對某一專題或專書原典，作較深入而全面的了解，仍可致力於國文教學目標的全面關照。大學生已經歷中學六年的國文教學，他們應有閱讀原典的基本能力，專題教學施予導讀的教學，給予閱讀原典的實質訓練，使他們得到閱讀原典的門徑、語文能力的提升、閱讀方法的訓練，都是本教學的主要目標，所以它是不同於一般的通識教育的。

其次是開設現代文學的問題。依據問卷調查，學生選讀現代小說與現代散文的意願很高，我們是否該大量開設現代文學專題？其實不必如此，也不該如此。我們只需讓有志於文學創作或評論的學生，選這些專題。而且這種專題的指導，重在中國傳統作品與現代作品之傳承，是指導他們日後創作時，能多吸取中國古典文學為其營養，體現中國傳統人文精神，所以與一般現代散文、現代詩、現代小說等課程，有所不同。

最後，是有關我們是否應開設應用文專題的問題。當前批評大學生程度低落，有很多是指大學生不會寫書信及公文。開設應用文專題似乎是當務之急，但政大並不在國文課內開設，而在國文課之外另行設此類課程，並依各系性質做不同的課程設計。目前有很多學系依其不同的需求開設二至四學分的應用文，效果良好，我們也就不必重床疊架，去增加無謂的困擾。

我們不敢說專題教學是大學國文存亡繼絕的法寶，但它確能在現階段大學國文教學內憂外患日亟的情況下，發揮某些功能。在政大實施的時間尚短，在此僅提出一些心得與想法，其中必有仍待商榷之處，尚祈　先進多加指點，使此制度能發揮更多的長處，並防範弊端於未然。

當前文字政策的檢討

壹

近四十五年來，政府在臺灣有比較明確的語言政策，卻缺乏明顯的文字政策。

更確切地說，這些年來，政府部門雖有過文字方面的爭辯，但除了以不變應萬變之外，似乎再也不曾標舉過甚麼文字政策，教育部也不曾成立研擬或執行文字政策的專責機構。

民國四十二年六月教育部聘請專家十五人組成的簡體字研究會，❶卻因立法院杯葛，很

---

❶ 依教育部答立法委員李文齋質詢案之書面答復，見《中國文字論集》（中國文字學會編，民國四十四年十月出版），頁一六五。

快就停止運作。雖然此後仍有常設的國語推行委員會，掌理語文教育工作，但顧名思義，它的功能似乎應側重在語言的統一，致力於標準國語的推行，事實上它在字音標準化方面確多所貢獻。即使它也曾著力於文字的整理，卻都談不上文字政策的釐訂。❷

當年教育部所成立的簡體字研究會，原本是要將臺灣地區所流行簡體字，作縝密研究，擬將合理者准其流行，不合理者則予以禁止，以使文字使用不致分歧，❸若擴大功能，這未嘗不可成為研擬或執行文字政策的專責機構。但因當時將它定位在簡體字的整理，而為研究會委員之一的羅家倫先生，提倡簡體字，於是在民國四十三年二月引起軒然大波，立法委員廖維藩等一百零六人，在立法院提出「為制止毀滅中國文字，破壞傳統文化，危及國家命脈，

❷ 教育部組織條例規定，國語推行委員會其任務有九：1.關於本國語言文字整理之審議事項；2.關於本國語言文字標準書籍之編訂事項；3.關於本國語言文字資料之蒐集事項；4.關於本國語言文字教學方法之實驗改進事項；5.關於統一中外譯名音讀標準之訂定事項；6.關於國語推行教育人員之訓練事項；7.關於國內不識字者及僑居國外人民語文教育之設計實施及視導事項；8.關於邊疆地方施行語言教育之設計事項；9.其他關於語文教育事項。以上九項皆屬於事物之推行，而非政策之釐訂，另外行政院核定之工作項目，亦不涉及政策層面。詳見民國七十九年元月二十日國語推行委員會第六次全體委員會議手冊，頁四～六。

❸ 同❶。

特提議制定程序法以固國本」案。❹這個「文字制定程序法案」在立法院內政教育委員會審查時，極為熱烈，教育部因分發羅先生《簡體字運動》，❺備受攻擊。其後，提出「文字制定程序法案」的風波雖然平息，但從此之後，教育部似乎寧可讓國語推行委員會多擔負一些職責與工作，❻再也不為研究文字或制定文字政策成立專責機構了。

貳

沒有為研究文字或制定文字政策成立專責機構，於是我們的主管機關只是以不變應萬變，幾乎沒有再去思考或研擬文字政策。有關文字的整理與研究，大都是因應階段性的需要，成立臨時性的任務編組，或以專案委託的方式交給師範大學進行。

這些年來，在文字的整理方面，當然有些成果，如民國五十二年四月，教育部國民教育

❹ 見《中國文字論集》，頁一～一八。

❺ 該書原以〈簡體字之提倡甚為必要〉在民國四十三年三月十七日至二十日臺北中央日報發表，後由中央文物供應社出版，分送立法委員，後亦收入《中國文字論集》，頁三〇七～三五五。

❻ 顧名思義，國語推行委員會是負責國語的推行與貫徹，應偏重在語音的統一，與標準國語的推廣。

司透過國立編譯館成立「國民學校常用字彙釐訂委員會」，以四年時間，根據臺灣地區出版的報章（只收《國語日報》）、國民學校課本、兒童讀物、課外讀物、廣播資料、民眾讀物等共753,940字的資料，訂定常用字4,864字，再依不同等級，分為常用字3,816字，次常用字574字，備用字427字，並編成《國民學校常用字彙研究》，由臺灣中華書局出版。

又如民國六十二年一月，教育部社會教育司委託師範大學國文研究所負責統計國民常用字，並研訂標準字體。師範大學國文研究所即成立編纂處，以《中文大辭典》所收者為基本字，再以「抽樣統計法」和「綜合選取法」相互參酌，❼整理得初稿常用字4,708字。後來增補259字，刪除159字，完成修訂稿，定名為《常用國字標準字體表》，簡稱《甲表》，由臺北正中書局出版。次常用字、罕用字的研訂，則於民國六十九年完成，次年九月，匯集各方意見進行修訂。將《甲表》以外的10,740字分為《乙表》和《丙表》，《乙表》收次常用字6,341字，定名為《次常用字標準字體表》；《丙表》收罕用字4,399字，定名為《罕用字表》，先由教育部印行，後來擴充為18,480字，編成《罕用字體表》，由正中書局出版。

常用字選定之後，編纂處繼續進行標準字的研訂，據學理及文字實際應用情形，訂定基

❼「抽樣統計法」所使用資料，見「常用國字及標準字體研定報告」《常用國字標準字體表》（教育部，民國六十七年五月出版），頁四。

本原則，定出標準寫法，按214部排列，編成《國民常用字表初稿》，經公開諮詢意見後修訂，並經教育部正式頒行。近數年來，國語推行委員會也曾作局部的修訂。國語推行委員會為推廣標準字，又編纂《標準字體表教學指引》及《部首手冊》等。

此外，教育部又於民國七十二年八月，委託臺灣師範大學國文研究所繼續整理異體字，得18,609字（內含補遺22字），編成《異體字表》，於次年三月出版。❽

叁

從以上所述，可知文字整理的實際工作，一直或斷或續的在進行，但很顯然的，這些都是因應實際情形與教學需要，做標準化工作而已。當然，從較寬泛的角度來說，這些整理與標準化工作，也未嘗不是文字政策的展現。不過由於當前政治的開放與兩岸的交流，此時此地文字的生態環境，已產生巨變，如果我們再沒有明確的文字政策，加以積極推展，社會上文字混亂的局面，即將逐漸浮現，並日趨嚴重。

❽ 以上有關資料見黃沛榮所撰，財團法人海峽交流基金會委託研究報告《漢字的整理與統合》，頁五～八。

由於兩岸積極接觸與交流，資訊的大量流通，我們早已感受到簡體字急劇入侵的壓力；再由於經濟依存關係的日益加深，兩岸各方面的談判勢必依次展開，資訊流通所造成的不便，也勢必搬上檯面加以討論。我們的立場如何？有沒有轉圜的空間？如果要談判折衷，我們的原則是什麼？底線在哪兒？這些問題我們不能不先加以討論以取得共識，形成我們的文字政策。

目前，反對大陸上所推行的簡體字，雖是我們絕大多數人的共同看法，但連反對簡體字最主要的理由之一：「它破壞六書的原則，破壞漢字結構的法則」這樣的認知都未能形成共識，甚至諸多誤會。如民國八十三年三月六日兩岸漢語語彙文字學術研討會中，❾美國普林斯頓大學周質平教授，就說我們的文字不再是象形和指事的樣子，如今也不可能再抱持六書以規範文字。

其實我們所謂六書是泛指漢字孳乳的規律和結構的理論，它是漢字合理化、系統化的利器。因為六書是前人解釋漢字造字的法則，也是掌握漢字體系的統緒。雖然六書的理論仍不免有一些爭議，❿但它仍是認識漢字時「執簡馭繁」的法寶。⓫因此，我們不能因它曾受破壞

❾ 兩岸漢語語彙文字學術研討會，由中華語文研習所與《思與言》雜誌社主辦，民國八十三年三月六～七日於臺北圓山飯店舉行。共五場發表二十二篇論文。

而輕言放棄，⑫就像地球生態受到破壞，如今大家都在力求補救那樣。

漢字當然不可能回歸到象形或指事的模樣，漢文字中象形和指事之文，畢竟不及千字，而會意和形聲之字方為大宗。我們應該盡力維護的是漢字孳乳的規律，挽救被破壞的漢字合理生態。在整理時自當遵循六書中會意與形聲的孳乳原則，加強字形的系統，消除不合理的結構，避免產生不必要的新字根，這將會使漢字更便於學習及處理。

如果我們有此共識，依據學理，訂定方案，形成政策，自能結合力量，造成影響力，這該是當前重要的課題。

肆

由於政治的開放，社會多元發展，早先因極力推行國語而受到漠視與貶抑的方言，如今

---

⑩ 六書名稱於漢代即有歧異，有關義界如今亦未取得一致的共識，但與促進文字系統化與條理化關係最密切的會意與形聲，則少有爭議。

⑪ 拙著〈漢字簡化的商榷〉已言之甚詳，見《中國文字的未來》（臺北，海峽交流基金會，一九九二年八月二〇日出版），頁一五九～一七三。

⑫ 羅家倫〈簡體字之提倡甚為必要〉即以為「六書的原則，早已經過許多破壞了」，所以不必再堅持。

卻備受青睞，不但口頭上使用的機會大增，方言書面化也成為時尚。方言語彙的穿插使用已不敷所需，更由於「還我母語」運動正積極展開，母語教學也成為不可遏止的浪潮。如今所面臨的，不只是方言滲透書面語言造成的文字壁壘的問題，⑬而是在方言的純粹化書面化壓力下的混亂景象，應如何化解的問題。這是當前我們必須嚴肅面對的。

由於昔日投注在方言研究的人力太少，使得許多方言語彙難以記錄，今所見方言歌謠諺語，除各自大量選用同音通假字之外，有些語彙只好以同義的雅言語彙代用，造成寫歸寫、唸歸唸的語文剝離現象，而且幾乎全憑各人的習慣，毫無規範可言。

如今不論閩南話或客家話，既然一時之間無法逐字記錄口語，於是有人倡言扭斷臍帶，完全改用拼音符號；有的刊物如《台文通訊》，⑭則採部分標音的方式；即使完全使用漢字者，也會因慣用假借、或作本字考源，而有所差異；即使考其本字，也因學養不同所考有異，造成彼此溝通的困難。《亞洲週刊》即報導華人族群，因「政治上的分離運動與各地華人社會文化上的自主性，正形成一股語言上的離心力」，⑮其實「語言上的離心力」影響還不深遠，「文

⑬ 方言滲透書面語言，使規範的白話文慢慢形成「文字分裂」的狀況，如外地華人看不懂香港的招牌標語，詳見一九九二年三月二十二日《亞洲週刊》頁二九〈方言滲透書面語言與文字壁壘〉。

⑭ 《台文通訊》，分北美與臺灣兩地發行，一九九三年六月已發行二一期。

字上的離心力」那才可怕。

語文既為思想情意交流的工具，「同文不同語」的老問題，未能解決，連文字長期的約定俗成又慘遭破壞，將如何發揮媒介的功能？這混亂的現象不及早疏解，連方言書面化都南轅北轍越行越遠，屆時再作統合，都勢必事倍功半。如今，在學校已準備開設母語課程，我們再沒有研究出大家所能接受的整套規範，其後果也就不難想見。[16]

目前我們的語言政策已轉為「提倡國語，尊重母語」，進而保護母語。那麼有關方言書面化的文字政策在哪裡？中共在未取得政權時，曾為消除文盲，大力推展各地方言拉丁化運動，[17]取得政權後卻戛然而止，我們是不是也要重蹈其轍？這是否意味著「書同文」的時代就此終結？不免令人惶然。

---

⑮ 見一九九二年三月二十二日《亞洲週刊》頁三〇〈共說同一種話的動力與轉折〉。

⑯ 屆時全世界華人不但「同文不同語」的老問題，仍無法解決，更惡化為「既不同語又不同文」；甚至還會因各行其是，於是出現小族群中「同語不同文」的亂象。

⑰ 從民國二十三年十一月到二十六年四月，擬訂寧波話、潮州話、四川話、上海話、蘇州話、湖北話、廣西話、無錫話、廈門話、客家話、廣州話、福州話、溫州話等十三個拉丁化方案。

伍

漢字除了因時代巨變，造成形體繁簡的紛爭與使用規範的破壞之外，歷史包袱的沈重，也不容忽視。

為因應時代的需要，使漢字運用起來更為便捷，我們應容許文字數量做適度的精簡。

漢字從漢代《說文解字》的9,353字，孳乳分化，到晉《字林》12,824字、後魏《字統》13,734字、梁《玉篇》16,917字、宋《大廣益會玉篇》22,561字、《類篇》31,319字、明《字彙》33,179字，歷代迭有增加，至《康熙字典》已達四萬九千多字。

文字的增加，固然與文物日增、品類日繁、思考加密等，有直接的關係，但更與文字整理者的態度有關。《說文解字》除了9,353字外，又收了音義同而形體不同的異體字，多達1,163字，稱之為重文，到《類篇》重文竟多達21,846字。《康熙字典》字數所以如此之多，便是容納了所謂的古體、異體、俗體、簡寫、訛字。文字增加如此漫無節制，連被誤寫的形體也被接受，字數暴漲不知伊于胡底，如今《漢語大字典》更因還要納編簡化字，收字高達56,000，⑱

⑱ 徐中舒主持之漢語大字典編輯委員會編纂，湖北辭書出版社與四川辭書出版社一九八六年十月出版，

漢字如此浩繁，實非使用者之福。

漢字常用字不多，如蔡樂生的《常用字選》、馬晉封的《正字篇》，都以2,000字為度，教育部《國民學校常用字彙表》4,708字，已是加倍超收，《常用國字標準字體表》則收4,808字；若為較高深之需求，則《重編國語辭典》所收11,411字當已足夠。即使為古籍之研讀再予擴大收錄，16,000字可為極限。⑲

文字既為傳達資訊的工具，自當單純化、標準化以便於使用，所以大陸近幾十年來所做的語文改革，如整理異體字，淘汰1,050字；規範漢字字形，共整理了6,196字等，基本上都是值得肯定的，只是擇取的標準尚有待商榷而已。目前我們已編《常用字表》、《次常用字表》、《罕用字表》與《異體字表》，基本工作已經完成，應該更進一步，共同研訂字數的精簡，淘汰不必要的異體字，尤其是訛誤字，更應刪削，宣布它的死亡，把它當做「木乃伊」或「化石」，只在古文字典或大型辭典中加以陳列，這對現代的漢字使用者該是有利的。所以是我們要制訂文字政策所該措意的。

今依〈前言〉所計。

⑲ 臺北三民書局民國七十四年八月所出版之《大辭典》，亦收或體、古文、俗字、簡字，達15,106字，用以研讀古籍已足，其中已不乏沒有實用性的僻字。

陸

由以上所論，大體可得五點結論：

㈠長久以來，政府在臺灣有比較明確的語言政策，卻缺乏明顯的文字政策。這固然有其歷史背景，然而因時代的蛻變，此時此地漢字的內憂外患紛至沓來，因應當前文字生態的變局，提出文字政策，實為當務之急。

㈡由於兩岸的接觸與交流，資訊流通所造成的不便，也勢必搬上檯面加以討論。面對正簡體使用人口比例的懸殊，我們若不能善為因應，對文字全面整理深入研究，提出系統化、合理化的具體方案，標舉明確而令人折服的文字政策，勢必在這股逆流中慘遭沒頂。

㈢因應當前方言精確化、書面化的壓力，我們應儘速尋求律則與方案，促使方言語彙用字標準化，以消除當前的分歧與混亂，落實方言的書面化。一方面達到保護母語的效果；另方面也可藉此以豐富雅言，增加它的彈性與包容力，使它成為更地道的雅言，而非凌駕其他方言的超級方言。

㈣因應時代的需要，使漢字運用起來更為便捷，我們除了加強形體標準化之外，應標舉文字的精簡政策，將部分文字冰存在「文字博物館」裡，只供專業研究者研究。在文字使用量減肥的同時，也可強化漢字約定俗成的功能，對其多義性作適度的節制，使它更容易精確。這些整理工作，應該都是漢字使用者所熱切期待的。

(五)由於當前文字政策之釐訂與推展，極為迫切。它不但像語言一樣，關係著當時人的溝通與凝聚，還關係著文化的傳承與認同，所以實有必要在教育部或文化建設委員會設立專責機構，分組進行研究，因應變化，研擬長遠目標與近期策略，提出具體方案與研究成果，以力挽狂瀾；否則，我們這一代的人，不但成為民族的罪人，也將成為歷史的罪人。

一九三五年簡體字表之商榷

壹 前言

中、韓、日與新加坡，是全部或部分使用漢字的國家。目前除了臺灣和香港、澳門地區之外，都由政府頒布方案，對漢字採取筆畫簡化的措施，❶其簡化的取向與程度，固然各有

---

❶ 日本政府於一九四六年十一月十六日，根據「國語審議會」的建議，公布了「常用漢字表」，其1,085個漢字中，有三百多個簡體字，如「亜」「声」「台」與一九三五年「簡體字表」相同。一九五六年一月二十八日，中共國務院全體會議第二十三次會議通過漢字簡化方案，第一表簡化漢字230個，第二表簡化漢字285個，偏旁簡化表簡化偏旁54個，一九六四年出版之「簡化字總表」，據以收錄簡化字及簡化偏旁所得之簡化字，共2,238字。一九六七年十一月十日，大韓民國文教部發表「常用漢字」

不同，但都不免與一九三五年八月中國國民政府所頒布的「第一批簡體字表」，有若干的雷同。❷這到底是後來的方案取用此表斟酌損益所致？或只是承用前人習慣以致不謀而合？其情況或許不盡相同，但不論如何，一九三五年的簡體字表，在漢字文化圈內，是政府推動漢字簡化的濫觴，並不因當時沒有推展施行，而減損其歷史地位。

「第一批簡體字表」共324字，其中包括簡化偏旁所類推出來的簡體字。如「門」簡化為「门」，於是類推出「阀、闷、闭、间、闲、闷、们、闵、闽、闻、问、闰」等簡體字，都全部計入324字之中。因此嚴格說來，它的簡化十分有限，卻已在當時引起軒然大波，於是於次年二月下令廢止。當時討論的文獻，如今不可多見，❸有關簡體字論辯資料較豐富的《中國

時，並公布「漢字略字試案」，列簡字542個。新加坡於一九六九年頒布簡體字502個，一九七四年又推薦簡體字2,248個（包括前頒502個），由教育出版社公布「簡體字總表」，與中共「簡化字總表」近似。

❷以一九五六年中共「漢字簡化方案」為例，其簡化之515字，採「簡體字表」者達280個，未採用者僅44個。此項統計見汪學文《中共簡化漢字之研究》（臺北，國立政治大學國際關係研究中心，一九七七），頁一四。

❸汪學文《中共簡化漢字之研究》，頁一四四～一四五，列出一九〇九年至一九三七年提倡簡化之提案與篇目共十八篇，未列反對者，當時反對最力者為考試院長戴傳賢，是從文化傳承的角度，為漢字

文字論集》，❹是針對一九五四年有關「文字制定程序法」討論的結集；何應欽的《整理簡筆字提案的回顧與前瞻》，❺是敘述一九六九年中國國民黨第十次全國代表大會，有關「研究整理既有簡筆字」提案的總結，對「第一批簡體字表」很少檢討。此外，汪學文《中共文字改革與漢字前途》，❻是針對中國大陸漢字簡化做剖析；《中共簡化漢字之研究》，❼雖然也討論了韓、日的漢字簡化，對「簡體字表」卻只在其第六章略略提及，它的重要性似乎被忽略了。在中文電腦普遍使用的今天，有關漢字簡化、使用便捷的問題，已不能只從書寫的繁簡、筆畫的多寡去考量，所以一九三五年「第一批簡體字表」，實有重新加以評估的必要。更何況已成歷史的方案，一則可以採取比較客觀的態度加以評估，二則可避免泛政治化的傾向，所以不揣鄙陋，略提管見，以求教於方家；更期盼藉此提供一得之見，為漢字文化圈內各國政府當局，檢討漢字簡化措施時，能有一些貢獻。

請命。

❹ 中國文字學會主編，民國四十四年十月出版。

❺ 該書由國防部印製廠印刷，民國六十八年十二月出版。

❻ 該書由國際關係研究所出版，民國五十六年元月，初版。

❼ 該書由國立政治大學國際關係研究中心，民國六十六年六月，初版。

貳　簡體字表選定的標準和原則

根據當時國民政府教育部所公布的〈第一批簡體字選編經過〉所述，[8]公布簡體字的方案，是經過行政院會議通過，並轉呈中央政治會議准予備案的。教育部原計畫分期增訂，逐漸擴充簡體字數量，但本著「述而不作」的原則選編，第一次草案共有2,400餘字，後來開會增刪，結果選用2,340餘字，就其中選最適當且便於鑄銅模者，計1,200餘字，是為第二次草案，而第一批公布者，才324字。

由此看來，當時的做法，相當謹慎而保守，如「述而不作」的原則，為後來漢字簡化方案所打破。有關此表的選定標準，在教育部公布此表的第一一四〇〇號令，已說明當初選定之前已規定：一、依述而不作之原則；二、擇社會上比較通行之簡體字，最先採用；三、原字筆畫甚簡者，不再求簡。

在簡體字表的後面，更附有五點說明，除第五點是有關韻母說明外，都是舉例說明選定

---

[8] 見王天昌〈繁字改良的有關文獻〉，《新生報》，民國五十八年五月三十一日至六月十日連載，亦收入何應欽《整理簡筆字提案的回顧與前瞻》，頁一二九。

的原則，茲迻錄於後：

一、本表所列之簡體字，為便俗易識且適於刊刻計，故多采宋元至今習用之俗體，古字及草書間亦采及。古字如「气、无、処、广」等，草書如「时、实、为、会」等，亦皆通俗習用者。草書因多用使轉以代楷書中繁複之點畫，且筆勢圓轉而多鉤聯，適於書寫而不甚適於刊刻，故所采不多；必如「发、协、乐、㐌」等，筆勢方折，近於楷書者，方采用之。

二、本表對於用同音假借之簡體字，別擇極嚴，必通用已久又甚普遍，決不至於疑誤者，方采用之，如「弃、机、旧、丰」等。其有偶用於一地方者，如北平以「代」為「帶」，閩廣以「什」為「雜」，蘇浙以「叶」為「葉」等，又如藥方中以「姜」為「薑」、帳簿中以「旦」為「蛋」等，皆不采用。

三、左列三種性質之簡體字皆不采用：

㈠帳簿藥方中專作符號用者……。

㈡一體作數字用者，如「广」代「廣」又代「慶」，「卩」代「爺」又代「部」。

㈢偶見之簡體字尚未通行者，如「漢」作「汉」，「僅」作「仅」。

四、偏旁如「言、鳥、馬、糸、辵、走」等，本可采用簡體；但如此一改，則牽動太多。今求簡易而行，故此等偏旁，暫不改。❾

由此看來，此表以「約定俗成」為最高的取捨原則，所謂述而不作，顯然是跟著通俗走。語文的形成，原本就是約定俗成的，基本上是無可厚非；但使用漢字地域遼闊，又有數千年歷史，簡化的方式不一，取捨難免莫衷一是。選擇時全不依學理，推展時又頗多顧忌，也就難怪被交相責難了。一九五六年中國大陸的簡化漢字方案，一方面打破「述而不作」的原則，也創作了新簡體字；一方面隨著通俗徹底推展，所以當初「第一批簡體字表」所指明不採的，如「叶」為「葉」、「姜」為「薑」、「广」代「廣」、「漢」作「汉」、「僅」作「仅」，「言、鳥、馬、糸」等偏旁採用簡體，全都納入其中。

叁　簡體字表簡字的構成方法與類別

「第一批簡體字表」公布之時，教育部並沒有說明簡體的構成方法與類別，只是在說明

---

❾ 同❽，頁一二七～一二八。

選定原則時，舉到俗體、古字、草書及同音假借字，而俗體本身，就有很多不同的類別與構成方法。不過教育部在第一一四〇〇號令卻說得很清楚，這方案是國語統一籌備委員會審議擬定的，而一九二二年教育部國語統一籌備會第四次大會，錢玄同獲得陸基與楊樹達的連署，提出「減省現行漢字筆畫案」，獲得通過，才組織了漢字省體委員會，使工作推展開來。所以，錢玄同的提案，是這方案的胚胎。錢玄同在提案中，說明通行於民間的簡體字，有八種構成方法：

一、將多筆畫的字就它的全體刪減，粗具匡廓，略得形式者，如：龜作「亀」，壹作「壱」，壽作「寿」，關作「関」。

二、采用固有草書者，如：為作「为」，東作「东」，實作「实」，會作「会」。（此外還有就草書而稍改變者，亦可歸此類，如：稱作「称」，當作「当」。）

三、將多筆畫的字僅寫它的一部分者，如：聲作「声」，寶作「宝」，條作「条」，雖作「虽」，獨作「独」。

四、將全字中多筆畫的一部分，用很簡單的幾筆替代者，如：觀作「观」，鳳作「凤」，劉作「刘」，邊作「边」，辦作「办」。

五、采用古體者，如：禮作「礼」，處作「処」，從作「从」。

六、將音符改用少筆畫的字者，如：遠作「远」，燈作「灯」，覆作「覄」，遷作「迁」，墳作「坟」。

七、別造一個簡體字者，如：竈作「灶」，響作「响」。

八、假借他字者，如：義借「乂」寫作「义」，薑借「姜」，驚蟄借「京直」，餅乾借「餅干」，幾借「几」。❿

以上，除假借他字者多為「簡體字表」所保留外，⓫前七種構成方法，共舉30個例字，只壹作「壱」、響作「响」，不見於表中。其他28字，全為「簡體字表」所收納，可見其影響力。

不過他所列第一種和第三種構成方式，原本是草書的方式，而第七種所謂「別造一個簡體字」，依其例，一為會意，一為形聲，方法不同，應以分述為宜。另外，其所謂「采用古體」，實際上有的是本字，有的是或體。換句話說，有的是正字，有的是俗體，似乎也該加以區別。因為構成方法，事關簡化的合理性，所以在此做稍為細密的區分：

一、恢復古本字者，如：氣作「气」，⓬號作「号」，⓭礦作「卝」，⓮從作「从」，⓯處作

---

❿ 同❽，頁一二〇。

⓫ 第八項假借他字者，義作「义」，也為「簡體字表」所取用。

「処」，⑯貌作「皃」，⑰啟作「启」。⑱

二、取用古或體字者，如：無作「无」，⑲個作「个」，⑳棄作「弃」，㉑禮作「礼」。㉒

---

⑫「气」是氣體的「氣」字之本字。《說文解字・一上》：「气，雲气也。」〈七上〉：「氣，饋客之芻米也……餼，氣或从食。」段玉裁《說文解字注》：「气氣古今字，自以氣為雲气字，乃又作餼為廩氣字矣。」（經韻樓臧版）一篇上，頁三九。

⑬号號亦本二字。《說文解字・五上》：「号，痛聲也，从口在丂上。……號，呼也，从号从虎。」段玉裁注：「今字則號行而号廢矣。」同⑫五篇上，頁三三。

⑭見《說文解字・九下》，《周禮・地官》有廾人。

⑮從从本二字。《說文解字・八上》：「从，相聽也，从二人……從，隨行也，从从辵。」段玉裁注：「按：从者今之從字，從行而从廢矣。」同⑫八篇上，頁四三。

⑯處処本一字，処為本字。《說文解字・十四上》：「処，止也，从夂几，夂得几而止也，處，処或从虍聲。」段玉裁注：「今或體獨行，轉謂処俗字。」同⑫十四篇上，頁二九。

⑰皃為本字，貌為籀文。《說文解字・八下》：「皃，頌儀也，从儿，白象面形。……貌，籀文皃，从豹省。」段玉裁注：「今字皆用籀文。」同⑫八篇下，頁一〇。

⑱启啟本二字。《說文解字・二上》：「启，開也，从戶口。」〈三下〉：「啟，教也，从攴启聲。」今開義皆用啟。段玉裁注：「後人用啟字訓開，乃廢启不行矣。」同⑫二篇上，頁二〇。

⑲《說文解字・十二下》：「無，亡也，从亡𣞤聲。无，奇字無也。」同⑫十二篇下，頁四六。

三、取用假借字者，如：豐作「丰」，㉓與作「与」，㉔算作「祘」，㉕是音義皆可通者；如：念作「廿」，㉖只是音通，義完全不同。至於聽作「听」，㉗連音都相去甚遠。而眾作「众」，㉘

---

⑳《說文解字・五上》：「箇，竹枚也，从竹固聲。𠆣，箇或作𠆣，半竹也。」段玉裁注：「今俗或名枚曰個。」同⑫五篇上，頁一一二。

㉑《說文解字・四下》：「棄，捐也，从廾推𠦒棄也，从𠫓，𠫓，逆子也。弃，古文棄。」同⑫四篇下，頁一～二。

㉒《說文解字・一下》：「禮，履也，所以事神致福也。从示从豊，豊亦聲。礼，古文禮。」

㉓《說文解字・五上》：「豐，行禮之器也，从豆象形。」〈六下〉：「丰，艸盛丰丰也，从生上下達也。」美盛之義為二字之所同。

㉔《說文解字・三上》：「與，黨與也，从舁与。」〈十四上〉：「与，賜予也，一勺為与，此與予同意。」給予之義為二字之所同。

㉕《說文解字・五上》：「算，數也，从竹具。」〈一上〉：「祘，明視以筭之，从二示。」計義為所同。

㉖《說文解字・十下》：「念，常思也，从心今聲。」〈三上〉：「廿，二十并也。」

㉗《說文解字・二上》：「听，笑皃也，从口斤聲。」宜引切。〈十二上〉：「聽，聆也，从耳㥁，𡈼聲。」他定切。二字聲韻俱異。

㉘《說文解字・八上》：「众，眾立也，从三人……讀若欽崟。」魚音切。又：「眾，多也，从众目

則義近而音不同。

四、有省去部分形體者，除錢玄同所舉：聲作「声」、條作「条」、雖作「虽」、獨作「独」外，又如：掛作「挂」、職作「耺」、壓作「压」、懸作「悬」、懇作「恳」、殺作「杀」、親作「亲」、類作「类」、時作「时」、麼作「庅」、雜作「杂」、糴作「籴」、糶作「粜」、醫作「医」、庵作「广」、燭作「烛」等，在「簡體字表」中，數量不少。

五、有省改形聲字聲旁者，如：價作「价」、蝦作「虾」、遷作「迁」、鐵作「鉄」、竊作「窃」、擬作「拟」、選作「选」、墳作「坟」、癢作「痒」、燈作「灯」、鐘作「钟」、懲作「惩」、儒作「仔」、機作「机」、猶作「犹」、藥作「葯」、櫃作「柜」、爐作「炉」、㉙懼作「惧」、園作「园」、屬作「属」、覆作「覄」、戰作「战」、贓作「賍」、氈作「毡」、擔作「担」、閻作「阎」、憐作「怜」、韻作「韵」、邁作「迈」。

六、有改形聲為會意字者，如：莊作「庄」、寶作「宝」、陰作「阴」、陽作「阳」、巖作「岩」、竈作「灶」、體作「体」、蠶作「蚕」。

眾意。」之仲切。

㉙ 爐作「炉」，於是蘆作「芦」、廬作「庐」、驢作「馿」，皆易之以相同之聲符，故僅舉一例，概括其餘，以下皆如此。

七、有改會意之部分，仍為會意者，如罷作「罢」、孫作「孙」。

八、有形符聲符全改，仍以形聲字形式出現者，如：幫作「帮」，改封為邦，改帛為巾；賓作「宾」，賓本从貝㝊聲，卻改成从宀兵聲。又如鹼作「碱」，亦屬此類。

九、有依行草，略具輪廓，存其筆意者，如錢氏所舉，龜作「亀」、壽作「寿」、為作「为」、關作「関」、東作「东」之外，如場作「场」、長作「长」、爾作「尔」、應作「应」、啞作「哑」、樂作「乐」、喬作「乔」、肅作「肃」、齊作「齐」、舉作「举」、留作「畄」、棗作「枣」、甚作「乜」。

十、有依行草，將部分形體，予以同化者，如歲作「岁」、羅作「罗」，是將「戚、維」與夕同化；又如：熱作「热」、執作「执」，是將「坴、幸」同化於「才」；懷作「怀」、環作「环」，是將「褱、睘」同化於「不」；協作「协」、辦作「办」、蘇作「苏」，是將「劦、辡、穌」予以混同。至於戲作「戏」、雞作「鸡」、對作「对」、趙作「赵」、難作「难」、賢作「贤」、歡作「欢」、鳳作「凤」、聖作「圣」、區作「区」，則將「虘、奚、丵、肖、茣、臤、雚、鳥、耶、品」皆混同於「又」。風會嘗壇作「凬会尝坛」，同為此類。

肆　簡體字表簡化之合理性

從以上的分析，我們大體可以了解「簡體字表」的簡體字，是如何簡化而成的。漢字是否該簡化，是大有商榷的餘地，但如果決定要簡化，前列第一類和第二類的採用，就幾乎沒有什麼好爭議的。因為那些古字大體合乎六書的原則，使用上也不會與別的字混淆，第三類音義可通的假借，也不會有那些困擾，所以比較容易為人所接受。

至於第三類的假借字，如果音義有異，就有商榷的餘地。如念作「廿」，音同已合乎假借的要件，但「念、廿」都是現代漢字的常用字，字義不相侔，二字混用將造成閱讀的不便。「念」字筆畫不多，做此簡化，實非必要。倒是如眾作「众」，雖然字音原本有異，但「众」的原音義已鮮為人所知用，所以以「众」代「眾」，只要約定俗成就可以了，加以「众」原有眾義，字形合乎會意，所以很容易為人所接受。可惜簡化者取用假借，很少從這方面考慮。㉚

㉚ 後來「簡化字總表」，擴大假借使用，如鬆作「松」、僕作「仆」、鬥作「斗」、葉作「叶」，所借的字，都是常用字，容易在閱讀上混淆。它還規定：疊作「迭」、餘作「余」、像作「象」、摺作「折」，但意義可能混淆時，仍用「疊、餘、像、摺」。為簡省筆畫，真是費盡心機，但徒增紛擾而已。

第四類省去部分形體或筆畫，原本是在非正式文書中，求速記便捷之用，有些字於省筆後，仍符合六書原則，如懇作「恳」、糴作「籴」、糶作「粜」、掛作「挂」之類，在求得漢字簡化時，未嘗不可收納。至於獨从犬蜀聲、時从日寺聲、麼从幺麻聲、雜从衣集聲、壓从土厭聲，省為「独、时、庅、杂、压」，這些結構完全不合六書原則，將得不償失，實不可取。㉛

五、六、七、八等四種構成方式，實際上是依據六書原則，另造新字，只是這些新造字，造之於前人而已。漢字簡化一旦打破所謂「述而不作」的原則，這幾類發展的空間很大，如「簡化字總表」中，塵作「尘」、筆作「笔」、達作「达」、隊作「队」、構作「构」、進作「进」、「豈」作「岂」、審作「审」、歷作「历」，皆為此類。如果漢字簡化是不可移易的前提，那麼這類的簡化，是比較可以被接受的。

第九類的構成方式是值得商榷的，因為行草，常求筆意而化約其形體，藝術性強而規範性差，與做為資訊傳達工具，講究標準規格，是該分別看待的。取藝術表現作為科學工具，可能徒增滋擾。如應作「应」，為漢字增加了「业」的字根，與講求漢字結構簡化的原則，是

㉛ 有人強調「六書不是限制中國字的鐵律」，但漢字不循六書，將失去其條理，六書原則不可輕棄。詳見拙作〈漢字簡化之商榷〉，臺北第一屆文字學學術研討會發表（民國七十八年），見《中華學苑》第四十一期，民國八十年，頁五～七。

背道而馳的，所以日、韓改作「応」較為可取。再如留作「畄」，從六書來看，就成了怪物；長作「长」，勢必改變一般的筆順原則。㉜這些為極少數的文字的簡化，犧牲一些已歸納出來用以「執簡馭繁」的原則，實在因小失大、得不償失。

第十類構成方式是最為人所詬病的。在別異的制約下，適度的同化，原本是漢字演化的趨勢之一，㉝如「泰、春、奏、奉、舂」其「𡗗」的部分，原是不同的成分所組成，隸定時加以同化了；「肉、舟」的部分字，也有與「月」同化的現象。但畢竟沒有「第一批簡體字表」那麼浮濫，把「盧、奚、坣、肖、莫、臤、雚、鳥、耶、品」都同化為「又」，「簡化字總表」雖改部分為「乂」，如趙作「赵」不作「𧺐」，區作「区」不作「⿷匚又」，但鄧作「邓」，把眾多不同的聲旁，同化為「又」，是嚴重破壞六書原則，擾亂了漢字構造系統，違背漢字條理化、合理化的原則。就此著眼，此類簡化，絕大多數是不足取的。

㉜ 依「簡化字總表」注釋，長的筆順是：ノ 𠂉 长 长。

㉝ 同㉛，頁七～八。

伍　結語

漢字是義符文字，一字以十筆上下為常度，多則達三十幾筆，不懂其結構原理的人，從其橫豎勾點撇捺去記憶，自然以為其結構過於複雜，[34]其實只要略能析其結構，掌握其系統，便能以簡馭繁、舉一反三，甚至能聞一知十。所以漢字不論如何演化，其結構條理不容破壞。因此，漢字簡化，維護六書原理應是它的消極條件。於是，我們寧可依會意和形聲的方法，另創簡單的新字，也不該去省部分形體或取用草書。以此看來，當年所標榜的「述而不作」，不但自我設限，還選了許多不該選的簡體字。

---

[34] 如Edw. Clodd: *The story of the alphabet*便以為：「理論上，中國人能書寫其本國語言前，須知道一大堆文字，所以一個二十五歲的用功學生，明顯地只有相等一個十歲英童——用二十六個字母——所有的寫讀能力。」林柷敔譯為《比較文字學概論》（商務印書館印行，民國五十九年），頁七〇。

當年推展漢字簡化，無不著眼於書寫便捷，力求減少筆畫，但如今電腦逐漸普遍，書寫的機會將逐漸減少，減少筆畫已不是簡化漢字的主要考慮。如果只顧減少筆畫，造成一字多義、詞語意義不明確，也增加許多形近的字，容易引起混淆，造成學習的困難，影響閱讀速度，那就弄巧反拙了。如今我們應該著眼的，應該是善用漢字的結構原理，消除缺乏系統性的特異架構，㉟以減少字根數量，並強化漢字的類化特性(apperception)，使漢字的學習更便捷，輸入電腦更迅速易學，才能達到改革簡化的目的。

要消除缺乏系統性的漢字特異架構，強化其類化性，就可能需要創製若干新字。不論選擇民間習用的俗字，或另創新字，除注意六書原則外，也需要顧及別異的功能，所以六書中的假借，要盡量少用。要不然，我們讀「他的船只做走私勾當」，還得考查這「只」是量詞或限制詞，表達的功能就大打折扣了。同時，我們還需注意，如果採取形聲的結構，聲符的部分還是需要再斟酌的。如儒作「仔」，就不太妥當。應該選其聲母、韻母、聲調全都相同或相近的字作聲符，最好還是從中古韻書中，找聲紐相近、韻攝相同的字，比較能妥合各地方音，避免北方音近似、南方音不叶的情形。由此看來，這方面的工作，還是需要文字聲韻學家參與才行。「第一批簡體字表」的產生，雖然也有不少的文字聲韻學家參加，但他們受制於「述

㉟ 同㉛，頁七～一一。

而不作」的原則，也就不免「因陋就簡」了。我們既然可不受束縛，就應該依據學理，做全面的檢討，以免重蹈覆轍才好。

論漢代文字的新陳代謝

——以《說文解字》與漢賦為例

壹　漢代是文字新陳代謝極旺盛的時代

文字是記錄語言的，而語言則是藉以傳達思想與情意的工具，它們都有新陳代謝的現象。誠如李孝定先生所說的：

> 文字恰如一個有生命的個體，有新生，也有死亡，它是生生不息的。許慎說：「字者，言孳乳而寖多也」。文字的確是孳乳寖多的……甲骨文、金文、和小篆的字數，已經可以見到這個趨勢，後世歷代所編字書，所收字數有增無已，但讀者們請勿誤會，以為

> 文字只有新增，而沒有淘汰。我們只要翻開《甲骨文編》的附錄，其中有許多文字，在金文裏便沒有再出現過，同樣的，《金文編》的附錄裏，有許多文字，也不見於小篆，這些文字，便是通通被淘汰了。❶

我們只要拿《金文編》和《說文解字》略作比較，❷便可發現：漢代實在是文字新陳代謝極旺盛的時代。

戰國時期，群雄割據，各自為政，於是「田疇異畮，車涂異軌，律令異法，衣冠異制，言語異聲，文字異形」，❸秦始皇統一六國，為了政治、經濟、文化等原因，實行了「書同文」的政策，「罷其不與秦文合者」，這種整理文字、使文字規範化的工作，自然使異體字大為減少，當然這更是中國文字整合而重新再出發的契機。但由於秦祚太短，中國文字生命力最旺

---

❶ 見李孝定《漢字史話》（聯經出版事業公司，民國六十六年），頁六二。

❷ 據容庚一九五七年增訂三版《金文編・後記》：「全書共收一千八百九十四字，附錄一千一百九十九字，正編和附錄的字，有可刪併的，有可認識的，唐蘭先生批評此書是過於保守，這是很恰當的。」（一九五九年科學院考古研究所考古學專刊第九號）而《說文解字》收9,353字，其數量之暴漲，與《金文編》附錄字數之多，足見漢代文字的新陳代謝。

❸ 見許慎《說文解字・敘》。

盛的青春時期，就由漢代朝野來發揚踔厲了。

《文心雕龍・練字》對漢代如何重視文字，及文字新陳代謝的情形，有所陳述：

> 漢初草律，明著厥法，太史學童，教試六體；又吏民上書，字謬輒劾；是以馬字缺畫，而石建懼死，雖云性慎，亦時重文也。至孝武之世，則相如譔篇。及宣成二帝，徵集小學，張敞以正讀傳業，揚雄以奇字纂訓，並貫練《雅》《頡》，總閱音義，鴻筆之徒，莫不洞曉。且多賦京苑，假借形聲，是以前漢小學，率多瑋字，非獨制異，乃共曉難也。暨乎後漢，小學轉疎，複文隱訓，臧否大半。及魏代綴藻，則字有常檢，追觀漢作，翻成阻奧。

從秦時丞相李斯作《倉頡篇》、「中車府令趙高作《爰歷篇》、大史令胡毋敬作《博學篇》」；漢武帝時司馬相如作《凡將篇》、元帝時黃門令史游作《急就篇》，成帝時將作大匠李長作《元尚篇》；以及「孝宣時，召通《倉頡》讀者，張敞從受之，涼州刺史杜業、沛人爰禮、講學大夫秦近，亦能言之。孝平時，徵禮等百餘人，令說文字未央廷中，以禮為小學元士，黃門侍郎揚雄，采以作《訓纂篇》」[4]等，都是透過選擇的方式，約定俗成，被摒除者自然予以淘汰，有必要時或加以創制，❺加以那些賦家鴻筆之徒，「多賦京苑，假借形聲」，促成文字的孳生，造成漢代文字新陳代謝的旺盛，而魏代「字有常檢，追觀漢作，翻成阻奧」，也就可見漢代文字新陳代謝之一斑。

可是一般有關漢代文字演化的論述，大多屬於小篆發展為隸書、草書等有關書體的分析，正如李孝定先生所說：「每一個文字或每一個字族，演變的情形常不相同，千變萬殊，非一言可盡，要想加以整理解釋，是相當瑣屑繁難的」，加以「文字的演變，屬於文字動態研究的範圍，時間經過了幾千年，文字的數目又盈千累萬，演變現象過於錯綜複雜，而且文字本身恰如一個具有生命的有機體，它生息孳乳，永遠不能絕對定型，要想從中整理出一些規律，自然不能像作文字靜態研究，所得的規律——六書——那麼明確、那麼具有概括性」，❻所以較少人從事這方面的研究和分析，即使有所涉及，也多限於商周甲金文的階段。本人因對《說文解字》及漢賦，略有涉獵，對漢代文字新陳代謝的現象，稍有所見，乃不揣鄙陋，考察其

❹ 同❸。

❺ 《漢書·藝文志》謂司馬相如《凡將篇》無復字，又說它有出於《蒼頡》中正字之外，即透露文字新生的訊息。

❻ 同❶，頁五四。

現象，探討其原因，或有助於了解漢代文字新陳代謝歷程於萬一。

從事此項研究，最好是取漢代所有文獻，錄其用字，與前後代文獻相較，推究哪些字是漢代所新生？哪些字到後代已廢棄？然後歸納其原因，尋求其規律。但此工程過於浩大，本文僅就平日讀書所得，加以釐析，舉《說文解字》與漢賦等材料為例，說明其現象而已。惟盼此論述，對文字動態之研究者，有所助益。

貳　因社會生活進化所促進的文字新陳代謝

唐蘭在《古文字學導論》說：

> 我們要是把形聲字歸納一下，就可以知道除了一部分原始形聲字外，純粹形聲字的形母，可以指示我們古代社會的進化。因為畜牧事業的發達，所以牛、羊、馬、犬、豕等部的文字特別多。因為農業的發達，所以有艸、木、禾、來等部。因為由石器時代變成銅器時代，所以有玉、石、金等部。因為思想進步，所以有言、心等部。我們假如去探討每一部的內容，恰等於近代的一本專門辭典。❼

文字是記錄語言的工具，而我們的語言是孤立語，在古代除那些少數連緜詞外，大多數詞語都是單音節的，於是新事務的產生，或事務的細密分類，都造成新字的產生。有關這一點，梁東漢的《漢字的結構及其流變》，舉了《說文解字》的例子，做了詳細的說明：

新詞的出現和社會生產、社會生活、文化、科學各方面的發展是分不開的，因此，新字的出現和這些方面的發展也是分不開的。語言和文字跟生產行為有著直接的聯繫，生產力的提高，反映在書面語言裡，有時往往有新字產生。例如：「管」最初是用竹做的，所以从「竹」「官」聲，後來有用玉造的，於是跟著產生从「玉」「官」聲的「琯」字。又如：从「金」的字，兩周以後才大量出現，「鐵」字不見于兩周金文，「盤」或「槃」在金文裡才有「鎜」這種寫法；从「金」的字大量出現，只有在青銅器高度發達以後才有可能，而「鐵」字也只有在能夠生產「鐵」的條件下才能夠創造出來。又如《說文》裡有大批从「牛」从「羊」的字，例如：關於牛的年齡的，有㸬（二歲牛）、

❼ 唐蘭《古文字學導論》上編，頁四九～五〇。（樂天出版社，民國五十九年）。唐氏稱由象意字直接變成形聲的，為原始形聲字；由象語或象聲輾轉演變的，為純粹形聲字。見其書上編頁四八。

犙（三歲牛）、牭（四歲牛）、犢（牛子）。關於牛的性別的，有牡（畜父）、牝（畜母）。關於牛的形狀、顏色和病症的，有犅（特牛）、特（朴特，牛父）、犗（騬牛）、㹁（牻牛）、犖（駁牛）、㸸（牛駁如星）、牲（牛完全）、犧（宗廟之牲）、牻（白黑雜毛）、犡（牛白脊）、犥（牛黃白色）、犉（黃牛黑脣）、㹇（白牛）、𤛮（牛長脊）、牷（牛純色）、㸺（畜牷）、牼（牛膝下骨）、𤘴（牛舌病）。關於牛的動作品性的，有牧（牛徐行）、犨（牛息聲，一曰牛名）、牟（牛鳴）、牽（引前）、犕（犕牛乘馬）、犂（耕）、𤙁（兩壁耕）、牴（觸）、𧗾（牛踶𧗾）、犪（牛柔謹）、𤚽（牛很不從牽）、犓（牛羊無子）。關於養牛的，有犓（以芻莖養圈牛）、牿（牛馬牢）、牢（養牛馬圈）。「羊」部裡關於羊的年齡的，有羔（羊子）、羍（小羊）、羜（五月生羔）、䍫（六月生羔）、䍮（羊未卒歲）。關於羊的性別的，羝（牡羊）、羒（牡羊）、牂（牝羊）、羭（夏羊牝曰羭）、羖（夏羊牡曰羖）。關於羊的形狀和顏色的，有羠（騬羊）、羳（黃腹羊）。關於羊的動作和品性的，有芈（羊鳴）、䍴（羊相䍴𦏍）、𦏍（羊相䍴𦏍）、𦍺（群羊相積）、羴（羊臭），這些字也只有在畜牧業高度發展以後才能夠出現。❽

❽ 梁東漢《漢字的結構及其流變》（國風文化服務社出版），頁一六五～一六六。依其書頁一六六註一，其所舉者出於羅常培《語言與文化》。其歸類多可商榷，其中引《說文解字》之部分，依原書略有修

當然，中國在商周時，已是畜牧業與農業極盛的時代，从牛从羊的字，可能因需要而大量創制，見於《說文解字》自然不會全是漢代的新生字。從現有文獻考察，以《說文解字》「牛」部字為例，共有四十五字，❾其中牛、犅、牲、牢，既見於甲骨、鐘鼎，也見於經籍；牡、牝，見於甲骨和經籍；牟、牼、犀，見於鐘鼎與經籍；特、[illegible]，見於石鼓與經籍；犧，見於詛楚文與經籍。另外，[illegible]、犢、犗、犉、犖、[illegible]、[illegible]、牷、牽、牿、犕、犂、物、物等十四字，雖不見於古器物，但皆見於先秦典籍。除此之外，牻、[illegible]、犡、[illegible]、[illegible]、[illegible]、[illegible]、[illegible]、[illegible]、犝、犓、犪、[illegible]、[illegible]、[illegible]、[illegible]、牴、[illegible]、犙、牭等二十字，就都可能是漢代的新生字。❿其中，除牡、犅、特同為雄牛，牻、[illegible]同為白黑雜毛牛，犡、[illegible]同為牛白脊之外，大體皆各有其特殊專義，可見漢代仍因社會需要，大量出現新生字。

正。

❾ 見《說文解字》二篇上，不含重文，亦不含「犛」部三字。依後世字辭典，犛字亦歸「牛」部。「牛」部中「[illegible]」為「牭」之籀文，但段注以其為「二歲牛」之正字，則另為一字，則「牛」部共四十六字。

❿ 依李孝定《甲骨文字集釋》（中央研究院歷史語言研究所專刊之五十），頁三〇五～三一一，以「[illegible]」為「[illegible]」，以「[illegible]」為「犙」。則二字見於甲骨，但文字結構不同，故暫列「犙」為新生字。

若以「牛」部觀察，許慎撰述《說文解字》並未網羅其時已存在的所有字，如《爾雅・釋畜》：「犘牛。犦牛。犤牛。犩牛。犣牛。犝牛。犑牛。角一俯一仰觭。皆踊㹏。黑脣犉。黑眥牰。黑耳犚。黑腹牧。黑腳犈。其子犢。體長牬。絕有力欣犌。牛屬。」介紹从牛的字共十五字（不計「牛」字），《說文解字》只收「犉、牧、犢、牬」四字。⓫再如《禮記・王制》、《禮記・少儀》、《禮記・玉藻》、《禮記・雜記》、《穀梁傳・隱十一年》都用到「犆」字，「五經無雙許叔重」也沒有收它入《說文解字》中。又如《莊子・達生》有「犙」字，也為許慎所未收。這到底是典籍傳鈔，文字變形？或是許氏的疏漏？又或是許氏有意不收？都有待進一步的查考。若是後者，那麼許慎撰《說文解字》時，已在促進文字新陳代謝的進行，一面廣收新生字，一面廢棄已可不用的字，以因應當時社會之所需。

因社會生活進化而新生的字，可能又因社會更為進化而失去它的實用性。器物因改良而易名後，原名就沒有存在的需要；原來需要區別的東西（如：豝、豵），後代或許不再需要區別。⓬加上複音詞的發展，使語彙的結構趨易，區別細分而製作的單音詞，遂漸不為人所用。

⓫「𤛓犉」「牬牬」為古今字，都算《說文解字》已收。

⓬ 其例見王力《漢語史稿》，頁五一四。又如《爾雅・釋畜》有關馬足白，分別予以命名：「膝上皆白惟馵。四骹皆白驓。四蹢皆白首。前足皆白騱。後足皆白狗。前右足白啟。左白踦。後右足白驤。

如前例所述，人們只要稱黑脣牛、黑眥牛、黑耳牛、黑腹牛、黑腳牛。特徵明確，詞義清楚，又何必去記那些犉、牰、犚、牧、牻？看看《說文解字》「牛」部所收，在先秦典籍之外的二十字，見諸後代詩文的，恐怕不及其半，漢代文字新陳代謝之快，也就可見一斑。

叁　因專有名詞專用所促進的文字新陳代謝

唐蘭在《古文字學導論》討論繪畫的象形字、象意字，為什麼變成注音的形聲字時，提出兩個重要原因，其一就是音符文字的急劇增加，他說：

由於私名的發展，人類愈進化，他們的語彙愈豐富，在公名下面一定會添出許多私名來，這種私名——例如人的姓或水的名稱——是畫不出來的，原先只能假借別的字聲，到音符文字產生後，就儘量利用了。⓭

左白馵。」雜有白毛的馬，也分別命名：「驪雜白毛䮂。黃白雜毛駓。陰白雜毛駰。蒼白雜毛騅。彤白雜毛騢。」非畜牧時代，應無細分命名之必要。

⓭ 同❼上編，頁四三～四四。

唐氏所謂「公名」，或即《說文解字》所謂的總名，那麼唐氏所述的現象，實包括上項有「牛」而有「牡、特、牝……」的例子。不過屬於姓氏、山名、水名、地名等專有名詞專用所衍生的字，卻是促進文字新陳代謝的另一種現象與原因。這現象在漢代以前早已存在，唐蘭在其書中舉了兩個例子：

> 在象意字漸漸聲音化的時候，私名也正極發展。這種私名原是假借字聲來的，例如人姓的子，地名的商，都只是語聲，現在就可仿效上述方法裡的後一例加以詮釋，寫一子字代表姓，在那旁邊又添上一個女旁，變成了好（卜辭用以代表子姓），女旁是補充的，是形；子是主語，是聲。寫一個商字代表地名，在商旁邊畫上乚，以示水形，變成水名的滴。水是形；商是主語，是聲。那時的人，儘量利用這種新方法，於是，凡是私名，大都變成注音文字。⑭

這一類專有名詞專用字，可因需要而隨時孳生，但也可能很快就被淘汰。唐蘭在其書中，

---

⑭ 同⑦上編，頁四六～四七。

舉了若干的例子。

形聲字也是隨時在產生，隨時被淘汰的。有些偶然發生的文字，居然保存下來，例如殷人稱上甲為田，原和[匚乙]（報乙）[匚丙]（報丙）同，口匚均即方字，方—即祊—即報祭，是田當讀為報甲，然援形聲之例，可僅讀甲聲，後人就沿用下來，金文兮甲盤的田字，小篆的(十)字（後譌為甲）都是，人們早已忘卻牠是上甲的專名了。但這種特殊的例是很少的。卜辭二千作𢆉，金文雖尚沿用（見魯白愈父鬲等），後來究竟被淘汰了。金文玟是文王，珷是武王（見盂鼎、歸夆毀等），後來竟不再用。卜辭和金文的形聲字，十之二三是現在早已廢絕的了。⑮

李孝定先生也以「《甲骨文編》和《金文編》附錄裏，有一部分屬於私名的文字，後世無存」，說明文字廢棄的原因：

有許多屬於私名的古代文字，如人名、地名、族名之類，時過境遷，原來私名的主體

⑮ 同⑦上編，頁四八～四九。

不存在了，或是名稱改變了，那些代表原來私名的文字，便失去了使用的價值，於是概予廢棄。⑯

這種情形，可以從从邑的字，看得很清楚，如該隸定為䣝（䣝公簋及䣝公鼎）、郅（古鉥·郅遊）、郜（郜嬰盤）、郫（詛楚文）、郘（郘大叔斧）、鄌（侯馬盟書）、郋（古鉥）諸字，皆不見於《說文解字》，而《說文解字·邑部》所收地名的字有：鄯、竆、𨚗、邰、郂、邠、郿、郁、鄠、扈、𨞢、郰、郝、酆、鄭、郃、叩、𨟻、鄜、鄏、邮、𨚫、邽、䣃、郖、𨞟、鄻、𨜒、邙、鄩、郗、鄆、邶、邘、䢴、邵、鄍、鄐、鄛、邲、郤、䣞、鄎、郾、鄈、邢、鄔、祁、鄴、邯、鄲、郇、鄃、鄗、鄡、鄚、郅、郄、鄦、邟、郾、郟、鄎、郎、郋、郎、鄭、鄓、鄧、鄾、鄂、鄛、鄹、鄸、鄗、野、郷、郢、鄢、鄳、邔、鄂、郲、郥、鄘、郫、鄯、䣖、䣛、邡、鄢、鄨、郇、那、鄱、酃、郴、邦、鄮、鄞、邟、邴、鄜、邺、鄒、鄫、郜、鄄、邛、鄶、邧、郔、郠、鄅、鄒、郐、郣、郰、郕、郁、鄿、郎、邳、鄣、邗、鄯、郈、郯、郚、鄫、邪、郱、郪、郭、郳、郣、鄟、郇、郊、酨、鄰、邱、鄉、鄒、郝、邯、邝、鄹、鄰、邦、鄜、邩、郑、鄬、邨、郜、郘、鄞、鄱、岈、鄭、鄲、鄬、郲、鄘、酈、鄸等，

⑯ 同❶。

其中有的如今仍為地名，有的已為其他的字所取代，⓱有的已去其邑旁，⓲有的早已不知何地而不用，⓳有的因地望而成姓氏，⓴有的更因假借而成常用字，㉑其新陳代謝，已可概見。

其他，如从山从水的字，也可見其新陳代謝的旺盛。《說文解字．山部》有五十三字，不及《康熙字典》所收的十分之一。為山命名的，僅：⿰犭出、嶧、嵎、嶷、⿱啓山、⿰山几、巀、嶭、嵏、崋、崞、崵等十二字，㉒可見漢代从邑字的繁衍遠比从山字來得多，但後來从山字專名的孳乳轉為旺盛，而从邑字卻轉趨沒落。

大體說來，我們可以從《說文解字》等資料看出：漢代專有名詞新陳代謝的現象是十分蓬勃的，古來有關山、水、地及姓氏等，原本使用已有的字以命名，但為了別於原字，於是加上邑、山、水、女、口等偏旁，這正是專有名詞產生的原因。如《說文解字．女部》姜、

⓱ 如⿰契阝作薊、⿰如阝已為或體字岐所取代，⿰襄阝作穰等。

⓲ 如鄎、⿰耒阝等。

⓳ 如⿰⿱屮夕阝、邸、⿰包阝、鄹、邨、郜、鄒、鄦、邱、⿰女阝、⿰丣阝、⿰爪阝、⿰畬阝、鄹、⿰尚阝、邦、⿰虍阝、⿰火阝、鄝、⿰山阝等，《說文解字》都只說是地名，在哪兒都說不上來。

⓴ 如郤、鄭、郝、鄔、邱、那、郎、邵、鄧等。

㉑ 如邪、郎、那等。

㉒ 是否為山命名而造的字，係依《說文解字》所釋為依歸。

姬、姞、嬴、姚、嬀、妘，都是加女旁以為姓之專名。从山从水从邑的字，例子就更多了，不過這些字有些可當它是加注或合文來看待，所以《說文解字》就有它所不收的專名，如「崑崙」，已見於《書・禹貢》及《爾雅・釋丘》等，卻不見於《說文》。又如「灞」，見於〈上林賦〉，依《水經注・渭水》：「霸者，水上地名也。古曰滋水矣。秦穆公霸世，更名滋水為霸水，以顯霸功。」於是而有灞水、灞陵、灞橋。這些霸字原不必加水旁，《說文》也不收灞字，但這些字既見諸典籍，後來也就不能不收納為新字，於是專名之字暴增。

不過這些字，正如前所述，或因時過境遷，主體已不存在；或因名稱改變，原字已不實用，於是逐漸廢棄。然而這些已約定俗成的字，也可因專用名詞漸使用複音詞，於是不必再使用那些加偏旁以示區別的字，如瀔稱穀水，灨稱贛江，漅稱巢湖，使這類字的創制或使用，不再那麼必要，因而失去它的存在空間，於是漸阻絕新生的渠道，加多廢棄的數量，為漢字留下一串又一串瑰怪的垃圾。如今即使尚在應用的，若為精簡漢字，都應該是優先考慮淘汰的。

肆　因記錄方言字彙所促成的文字新陳代謝

應劭《風俗通・序》說：「周秦常以歲八月遣輶軒之使，采異代方言，還奏籍之，藏于秘室。」可見采錄方言，由來已久，只惜「及嬴氏之亡，遺棄脫漏，無見之者」，還好以後有後續者，應劭說：「蜀人嚴君平有千餘言，林閭翁孺才有梗概之法。揚雄好之，天下孝廉衛卒交會，周章質問，以次注續。二十七年爾乃治正，凡九千字。」[23]依揚雄自白：

> 嘗聞先代輶軒之使，奏籍之書，皆藏於周秦之室。及其破也，遺棄無見之者，獨蜀人有嚴君平、臨邛林閭翁孺者，深好訓詁，猶見輶軒之使所奏言，翁孺與雄外家牽連之親，又君平過誤，有以私遇少而與雄也。君平財有千言耳。翁孺梗概之法略有。……故天下上計孝廉衛卒會者，雄常把三寸弱翰，齎油素四尺，以問異語，歸即以鉛摘之于槧；二十七歲于今矣。[24]

---

[23] 見應劭《風俗通義・序》，頁三。

[24] 見揚雄《答劉歆書》（收入《方言》、《古文苑》、《藝文類聚・八十五》、《全漢文・五十二》）。

也都可以看出蒐集方言，一直有人在持續進行，因為方言是口中的語言，記錄時不外乎三種方式，以揚雄《方言》為例：

有時沿用古人已造的字，例如：「儇，慧也」，《說文》「慧，儇也」，《荀子・非相篇》「鄉曲之儇子」；有時遷就音近假借的字，例如：「黨，知也」，「黨」就是現在的「懂」字；「寇、劍、弩，大也」，這三個字都沒有「大」的意思；另外還有揚雄自己造的字，例如：「惔」訓愛，「悽」訓哀，「姅」訓好之類。㉕

第一種方式是為方言找到根據，第二種方式是逕行假借，這將使某些文字因假借的使用，被賦予更多的意義。第三種方式直接造成文字的新生，與文字的新陳代謝有密切的關連。

其實，《說文解字》也收錄了不少方言字，如：

㉕ 見羅常培《方言校箋附通檢》（鼎文書局，民國六十一年初版）序，頁二，該文亦收入《羅常培語言學論文選集》（九思出版社，民國六十七年臺一版），頁一一八。

逆，迎也。从辵屰聲。關東曰逆，關西曰迎。

蹠，楚人謂跳躍曰蹠。从足庶聲。

臁，益州鄙言人盛，諱其肥謂之臁。从肉襄聲。

瘌，楚人謂藥毒曰痛瘌。从疒剌聲。

癆，朝鮮謂藥毒曰癆。从疒勞聲。

葼，青齊兗冀謂木細枝曰葼。從艸㚇聲。❷❻

這些都分別見之於揚雄《方言》，兩本書所用的字，也都完全相同。也有同指方言現象而用字不同者，如《說文解字・七下巾部》：「幨，楚謂無緣衣也。」《方言》則作「襤」；也有稍見出入的，如《說文解字・五上竹部》：「箱，飯筥也，受五升，从竹稍聲，秦謂筥曰箱。」又：「籍，陳留謂飯帚曰籍，从竹捎聲，一曰飯器，容五升；一曰宋魏謂箸箭為籍。」而《方言》則謂「箸箭，陳楚宋衛之間謂之筲。」❷❼不見於《方言》的方言字，《說文解字》還收了不少。有的是在方言字下直接說明；有的是在雅言字下說明，然後再舉方言字。以艸部為例：

---

❷❻ 逆、蹠見於二篇下，臁見於四篇下。瘌、癆見於七篇下，葼見於一篇下。

❷❼ 見《方言校箋通檢》，頁三三。

莒，齊謂芋為莒，从艸呂聲。

虈，楚謂之蘺，晉謂之虈，齊謂之茝。从艸囂聲。

這是屬於前者，後者如：

蔆，芰也，从艸淩聲。楚謂之芰，秦謂之薢茩。

芰，蔆也，从艸支聲。

薢，薢茩也，从艸解聲。

茩，薢茩也，从艸后聲。㉘

《說文解字》更有將方言字列入部首，如：

乞，燕燕乞鳥，齊魯謂之乞，取其鳴自謼，象形也。

㉘ 以上皆見於一篇下，艸部。

甾，東楚名缶曰甶。象形也。
氏，巴蜀名山岸脅之自旁箸欲落墮者曰氏。氏崩聲聞數百里，象形……楊雄賦：「響若氏隤」。㉙

可見方言字早有其地位，為字書所不得不收。其他如：「迣，迾也，晉趙曰迣」，「爨，齊謂炊爨」，「魝，楚人謂治魚也」，「寱，楚人謂寐曰寱」之類，㉚不勝枚舉。

方言的使用，有其局限性，若不推廣而為通言所吸收，那就有可能被廢棄。因為語彙原本就是語言成分中變動最快的，處在不斷改變的狀態，只要原地方的語彙一改，它馬上就成為死物；即使語彙未改，也有可能因所造之字罕用，而又另造他字或為假借所取代。所以在方言被重視的時刻，文字的新陳代謝就顯得特別旺盛了。我們可從《說文解字》得知，漢代就是屬於重視方言語彙的時代。

㉙ 乙見於十二篇上，甾氏見於十二篇下，「甾」字或主張隸定為「由」。

㉚ 迣見於二篇下，爨見於三篇上，魝見於四篇下，寱見於七篇下。

伍　因引申假借加形所促成的文字新陳代謝

唐蘭在《古文字學導論》說：

文字的演變，有三條大路，形的分化、義的引申和聲的假借。上古期文字分化的結果，使文字漸漸聲音化，後世人們加以「歸納」，就創始了注音的方法。於是就假借來的私名注上形符，有時就拿音符來注形符，這是「轉注」。至於引申來的語言，本不一定需要形符，後來也頗有「增益」。歸納、轉注、增益，這是形聲文字產生的三條路徑。[31]

其所謂歸納，即六書中的形聲造字法；其所謂轉注，是因假借而加形旁的文字分化過程；其所謂增益，是引申而加形的文字分化過程，對此項發展他抱持著比較否定的態度。

後來他在《中國文字學》說：「由舊的圖畫文字轉變到新的形聲文字，經過的塗徑有三種」，一是孳乳，二是轉注，三是緟益。其所謂轉注的內涵不變，其所謂緟益是強調「不需要

---

[31] 同[7]上編，頁四七。

的重複跟增益」。一般因引申而加形，則歸於「孳乳」。他說：

孳乳是造成形聲文字的主要的方式，大部分形聲字是這樣產生的。假使有一條河叫做「羊」，一個部落的姓也叫做「羊」，一種蟲子也叫做「羊」，古人就造出了從水羊聲的「洋」，從女羊聲的「姜」，從虫羊聲的「蛘」。吉象是吉羊，可以寫成「祥」，憂心是養羊，可以寫作「恙」。又如目小是「眇」，木末小是「杪」，水少是「淺」，貝少是「賤」。無論是引申出來的意義，或假借得來的語言，都可以孳乳很多的新文字。[32]

因引申或假借而加形，的確是造成新字的重要途徑。我們從《詩・大雅・江漢》「式辟四方」，《論語・先進》「參也魯，師也辟」，《詩・邶風・柏舟》「寤辟有摽」，《墨子・小取》「辟也者舉物而以明之」，《孟子・滕文公下》「辟兄離母」，《荀子・正論》「辟馬毀輿致遠」，《禮・喪服大記》「絞一幅為三，不辟」，可知「闢、僻、擗、譬、避、躄、擘」，都是後來加形旁的孳乳字。於是出現所謂的古今字，而今字都已見之於《說文解字》，可見這種孳乳字大盛於漢代。

---

[32] 見唐蘭《中國文字學》（樂天出版社，民國六十年），頁九九。

有時，過度的分化，並不為後人所習用，於是產生廢置的代謝作用，如經典一概用「稱」，《說文解字》卻分化為三，「爯，并舉也。」「偁，揚也。」「稱，銓也。」，㉝於是段玉裁在「爯」下注：「凡手舉字當作爯，凡偁揚當作偁，凡銓衡當作稱，今字通用稱。」㉞再如《說文解字》有「㜙，減也。」「嫥，壹也。」㉟其實早先經典及後來所用，都是未加「女」旁的「省、專」。這些例子實在不勝枚舉，又如「𨓆，先道也。」「𧗿，將衛也。」，㊱古來都是以「率」或「帥」假借。加形以分化，只見錄於字書，它的新陳代謝太快，在《說文解字》中有太多這種例子，只是它常不收於同部，不易為人察見，若以朱駿聲《說文通訓定聲》考察，便可見其梗概。

至於唐蘭所謂「不合理的緟益」，也大多因引申或假借而加形，他說：

> 緟益字的造字者，總是覺得原來文字不夠表達這個字音或字義，要特別加上一個符號。

㉝ 爯見四篇下冓部，偁見八篇上人部，稱見七篇上禾部。

㉞ 見《說文解字注》（藝文印書館影印經韻樓臧版），頁一六〇。

㉟ 皆見於十二篇下人部，另於水部有「渻，少減也。」（十一上）亦類此，惟渻見用於水名，故不列。

㊱ 分見於二篇下辵部和行部。

這些原來的文字，或許是圖畫的，或許是形聲字，或許是由引申假借來的，實際是很可以表達的，不過因為時代的不同，人們思想的不齊，所以要有這種特別的緟益。㊲

其實，合不合理、需不需要的判斷，可能是見仁見智的問題，且看他所舉的類例：

在圖畫文字裏增加聲符的，如古人畫了一個有冠有羽的雞，後來文字變成簡單了，怕人不認識，就加上了一個「奚」字的聲符。鳳鳥的文字，本來也是象形，後來加上了「凡」聲。耕耤的耤，本象一人雙手持耒起土，後來才加上了「昔」聲。鑄字本就象兩手奉鬲在盛火的器皿上，後來才加上「𠃬」聲。豸字本就象貍形，後來才加上「里」聲。㊳

「豸」是否為「貍」的本字，尚有商榷的餘地，㊴而其他都是文字朝著表音發展的簡化現象。

㊲ 同㉜，頁一〇〇～一〇一。

㊳ 同㉜，頁一〇一。

㊴ 或以《說文解字・八下》「皃，頌儀也。」其或體「貌，皃或从頁豹省聲」，籀文貌从豸，認定「豸」

至於他所舉「增加上形符的字」，分別見於《說文解字》的，如：「文」而作「彣」、「章」而作「彰」、「青」而作「彭」、「周」而作「彫」，40就《說文》而言，皆為各有專義的兩個字，這一類的字，部分確如唐蘭所說，是不需要的，於是自然被淘汰，但大多仍如「采」而有「彩」，「景」而有「影」，皆因引申或假借加形以別之，一直有它活躍的生命，就談不上什麼需要不需要了。因為從文字構造來說，有些形旁或許是不需要，如他所舉「梁已從木，還要寫作樑」，41另外還有許多例子，如「然」已从火，還要作「燃」，「采」已从爪，還要作「採」，「氣」已从米，還要作「餼」之類，然因各有專義，所以在使用上仍有需要。

至於「鳳凰寫作凰，是從鳳字扯過來的」，42唐蘭也歸之於緟益一類。王先謙《漢書補注》說：「凡字有上下相同而誤者，如璿機之為璿璣，鳳皇之為鳳凰，窀夕之為窀穸，展轉之為輾轉，蓑笠之為簑笠，畎畝之為畝畝。」43這些譌誤字常積非成是，為字書所收錄，乃成為文字的新生管道之一。不過這大體都在漢代以後，才衍誤而生，所以在此也就略而不論了。

為「豹」之本字。

40 同38。

41 同38。

42 同32，頁一〇二。

43 見《漢書・揚雄傳》「日月纔經於柍桭」下，王先謙補注。俞樾《古書疑義舉例》卷七，亦多所舉例。

大體而言，漢字的形聲字，除了依六書形聲以造新字者外，其他大多以其聲符為初文，㊹那些字是因語言孳乳、字義引申、字形假借，於是變成一字多義，但為使文字各有專義，於是分別加形符以資區別，遂造成大量新字的出現。此方式大行於漢代，由《說文解字》即可見其端倪。其孳乳過甚，就有旋即廢置的可能，《說文》9,353字中，被後世淘汰的，大抵都是這一類的字。當字有定檢之後，這種增生的管道，固然大受影響，但未完全阻塞，以致今世，仍因「背」而作「揹」，因「扇」而作「搧」。所以有朝一日，因「釘」而作「掟」，人們也會容易望文生義，不會大驚小怪的。

陸　因賦家莫取舊辭所促成的文字新陳代謝

漢代是賦擅場的時代，兩漢賦篇大量提煉雙聲疊韻的複音語彙，除了應用六書形聲的造字方法以造新字之外，其實有很多是運用了假借，但後來基於別異的需要和文字演化有好繁增益的傾向，於是追加形旁，㊺形成不少新生的瑋字。

㊹ 其不是者，後加聲音有「囗而有圍」、「广而有庵」、「囧而有齒」之類，並不多見。

㊺ 詳見拙作〈漢賦瑋字源流考〉《國立政治大學學報》第卅六期，亦收入《漢賦源流與價值之商榷》，

漢賦中因上下相涉而衍生偏旁的現象，非常普遍，有許多在賦中與其說是誤衍，不如說是尚同心理使然，漢賦有「字林」之譏，是作家用字有意聯邊的結果。

若論漢賦瓌怪瑋字的滋生，除了尚同加偏旁之外，還有「人心好異」的因素。「雖引古事而莫取舊辭」，㊻是辭賦奉為圭臬的，他們在同一篇賦中，不得已而用同樣的語彙，都要避免用同形字，如「崔嵬」一詞，在短短一千三百多字的《甘泉賦》，就三度使用，而文字完全不同：「前殿崔巍兮」、「崣嶵隗虖其相嬰」、「於是大廈雲譎波詭摧嶉而成觀」。王先謙《漢書補注》說：「五臣本崣嶵隗作崋隗，崋隗猶崔嵬也。」又說：「摧嶉即崔崒之同音變字，若今言崔巍矣。」足見其變化。取用別人用過的語彙，也常要改變一下，以司馬相如為例，枚乘《七發》作佛鬱，他就作「茀鬱」；《荀子‧禮論》作旁皇，他就作「徬徨」；《老子》作寂寥，他就用「寂漻」；《詩‧卷耳》及《九章》作「崔嵬」，他就作「崔巍」。再如司馬相如《大人賦》「林離」一詞，揚雄在《甘泉賦》用「槮纚」，在《河東賦》用「滲灕」，在《羽獵賦》用「淋離」，㊼竟在不同的篇章，也避免重出，好異之心由此可見。

文史哲出版社，民國六十九年），有實例比較，證明確係後人追加偏旁。

㊻ 語出《文心雕龍‧事類》。

㊼ 見《漢書‧揚雄傳》「灕虖槮纚」下，王先謙補注。

風氣所及，瓌怪瑋字乃大量滋生，如〈上林賦〉「嶕嶫」一詞，張衡〈西京賦〉成為「崨嶫」，在傳鈔改字之下，又冒出「磼礏」。㊽一個「嶕」字，滋生「崨、磼」，㊾這在漢賦中比比皆是。揚雄〈蜀都賦〉就用了不少前無古人、後無用者的怪字，連博雅的嚴可均，都在「葴、䆉、㕸、䫄」這些字下，注明「未詳」，㊿造新字之浮濫，可見一斑。

我們如果從〈子虛賦〉和〈上林賦〉加以考查，在《漢書》作「昆吾、庸渠、箴疵、苔遝」的，在《史記》卻作「琨珸、鷛鰈、鱵鳾、棔槑」；在《漢書》作「武夫、昌蒲、江離、巴且、葴析」的，《文選》卻作「碔砆、菖蒲、江蘺、巴苴、葴菥」；《漢書》作「夫容、毒冒、參差、允溶」的，《史記》和《文選》都作「芙蓉、瑇瑁、篸嵳、沇溶」。今見《漢書》是顏師古的注本，顏氏《漢書敘例》說：「《漢書》舊文，多有古字，解說之後，屢經遷易，後人習讀，以意刊改，傳字既多，彌更淺俗，今則曲竅古本，歸其本真。」考諸前述之例，就可知賦字被加寫形符的嚴重。其或改假借為形聲，其或因上下相涉而衍生偏旁，其或聯邊

㊽《玉篇零卷》石部引〈上林賦〉即如此，《切韻殘卷》也作石旁。

㊾在張衡〈西京賦〉中，另有「岌嶪」一詞，「岌」與「嶕」，聲紐有異，義則無別，實為同語彙，在此暫不列入。其實㊼「滲灕」與「淋離」也同此情形。

㊿見嚴可均《全漢文》卷五十一。

以顯文字整齊之美。這些因素已使新字孳乳益繁，而賦家本身「莫取舊辭」，漫無限制的變造語彙，製造新字，更使漢代文字新陳代謝格外旺盛，加速進行。

漢賦造字的浮濫，已使《說文解字》繁不勝收，後來加偏旁的「碔砆」、「芙蓉」，固然不收；宜為原創的「嶊嶉」，也在所不取。漢賦中那些瑰怪的字，在許慎看來，或許只是表音的符號，《說文解字》也就不一定要收了。

柒　結語

《漢書・藝文志》說：「漢興，閭里書師合《蒼頡》、《爰歷》、《博學》三篇，斷六十字以為一章，凡五十五章，并為《蒼頡篇》。」那麼漢初的《蒼頡篇》，才3,300字而已，其間還有重複之字。又：「至元始中，徵天下通小學者以百數，各令記字於庭中。揚雄取其有用者以作《訓纂篇》，順續《蒼頡》，又易《蒼頡》中重複之字，凡八十九章。」《說文解字・敘》更指出《訓纂篇》凡5,340字，而《說文解字》則有9,353字，可見漢代文字的高度成長。更何況《說文解字》收錄文字，似乎並未廣蒐博取，它收了方言字，但未將《方言》的字，全數納入，連先秦典籍所用的字，也有所不取，當時賦家寫作賦篇的用字，更多所未收。那麼當時可收的文字，當然不止此數。漢代文字孳生之甚，殆由此可見。

社會生活的進化，當然是促進文字新陳代謝的一大原因。生活進化，名物必增，由於一物一名，一名一字，於是文字的需求量擴大，乃不斷地創新文字。但相對的，也因需要不同，以及複音詞發展，使一些文字失去實用性，而遭淘汰。漢代正是經濟富庶、文物繁茂的時期，加以文化交流，更促成文明昌盛，此時文字新陳代謝暢旺，是不難理解的。

專有名詞專用，是促進文字新陳代謝的另一原因。因漢帝國開拓疆域，對外交通發達，於是山名、水名、地名暴增，專名就大量繁衍。假借其聲，然後山名加山旁，水名加水旁，就成新字。但它也因名稱改變而失去生存的空間，後來又因使用複音詞，阻塞了新生的管道。

記錄方言字彙，也是促成文字新陳代謝的原因。漢大一統的時代，當然看重語言的溝通，所以重視方言語彙的蒐集。除了揚雄《方言》外，《說文解字》也多所收錄。記錄時不免要創造新字，但由於語彙的變動不居，方言語彙若不為雅言所吸收，就可能淪為廢置的死物。

因引申假借而加形，那是形聲字大量湧現的渠道，它大批湧現於漢世。漢代文字之所以高度成長，即以此為主因，而《說文解字》中如今不用的字，也大多是這一類的字。但因過度的孳乳分化，不為人所樂用，旋即遭受廢棄的命運。後來，原本無字的語彙，都漸有字可用；詞義引申的，也都加形而各有專義，於是字有常檢，此風稍戢。大體說來，此風大行於漢世，魏晉之後，只有零星的發展，再也不成氣候了。51

由於漢賦重鋪敘白描，於是賦中出現大批瑰怪的字。漢人即用這些字記錄口語的語彙。所以它的產生，猶如方言語彙的創制；而它的形成，多半是假借而加形。其中也有一部分，是名物的記錄與專名的使用。由於漢賦一向「窮變於聲貌」，「繁類以成豔」，52使前述的新陳代謝，為之發揚蹈厲。當賦篇崇尚用事、經營儷辭之日，正是文字孳生鈍化之時，箇中消息，頗令人玩味。

最後必須強調的是：文字如有生命的有機體，其新陳代謝是一直在進行的。一般有機體的生命，會隨其時空的不同，而調適其新陳代謝的方式。所以研究其新陳代謝，自應注意其生存的主客觀背景與條件，這是本文斷代於漢的主要原因。

當然本文所列述的現象與原因，不見得只存見於漢世，但大多是於漢尤盛，例如社會生活的進化，本是隨時存在的現象，但複音詞發展之後，新生的名物，不見得要再造新字以命

---

51 一般說來，《字林》12,824字，《字統》13,734字，《玉篇》16,917字，大廣益會本增至22,561字，《類篇》31,319字，《字彙》33,179字，《康熙字典》則達49,000字。表面上看來，文字仍在快速成長，其實其間多為重文及譌字，以「聲符為初文」的字，至漢以後，已不再大量衍生。

52 見《文心雕龍．詮賦》。

其名。所以因這項原因，造成文字孳生的現象，在漢代以後，就不再那麼繁盛。而且，漢代正逢為假借字及字引申義加形旁最盛行的時代，㊼兩項因素相輔相成，造成文字激增是可以想見的。再如專有名詞——山名、水名、邑名，除了廢置改名之外，在疆域底定、交通發達之後，也再沒有創制新字的必要。賦篇直接形容的風氣沒落，不再提煉口語語彙，改以「偶句用事」逞才時，因文學創作而造字的文字孳生管道就堵塞了。

在上述漢代文字新陳代謝旺盛的現象，以後仍迭增不減的，恐怕就是為收錄方言而造的字了。方言語彙時有增生，若不假借，就只有造字一途。中國字書自《說文解字》以下，歷代所收的字，有增無已，㊽一方面是他們編輯的字書，並不是當代文字的櫥窗，還兼具了「文字博物館」的功能，所以排列許多文字「木乃伊」在其中。另一方面是方言語彙生生不息，字書既貪多而博取，字數自然暴增。加以重文異體，都自成單位；訛變錯字，也照單全收。於是只見新增，不見淘汰，讓人誤以為中國字複雜至極。

其實，中國文字結構並不太複雜，而新陳代謝的原因與規律，才較複雜，這些有關文字

㊼ 本文已有所論述，此外，漢司馬相如《凡將篇》、揚雄《訓纂篇》，都是「無復字」。有意義文字的貫串，要在文字不重複的方式下進行，除了力求同義字代用之外，加形旁以成新字，應是其因應之道。

㊽ 詳見㊺。

動態研究的工程，十分浩大，正待我們一磚一瓦去建構、去完成。《論語・子罕》「譬如平地，雖覆一簣，進，吾往也」，正是我撰寫此文的寫照。

整理漢字之芻議

壹

「天下車同軌，書同文」暢通人們溝通的渠道，是古人努力的方向，[1]其間或不免存在著強加於人的霸權心態。如今雖然時過境遷，但為使工具運用便捷，仍應講求平等互惠以求融通，有如商品規格標準化，才能活潑它的市場，所以它仍應該是我們致力的目標。

可是，如今世界上使用漢字的地區，一個漢字在不同政治版圖中，卻常出現不同的形體，或同一形體卻賦予不同的意涵，造成情意溝通的障礙，實有待我們共同去消弭。

❶ 見《禮記・中庸》。

在文字「約定俗成」和推廣的過程中，政治力量自有它一定的貢獻，其介入也難以避免。不過在政治上制定語文政策或規範，原本是為了國內「書同文」，以方便國人情感與意見的交流，促進團結，避免疏離；但如果它違背了前人的基本理想，鈍化了人們在共同文化圈內的溝通功能，那麼它的干預就有商榷的餘地。

其實，語言文字只是溝通的媒介，只是表達情意的工具，無關主權的宣示或國家的尊嚴。正如全世界共同使用阿拉伯數字，並不表示阿拉伯人執世界文化之牛耳；美國人使用英文，也不表示美國人仰英國人的鼻息。

如今漢字和英文一樣，已經跨越國界成為人類的共同資產，十多億人口共同的溝通工具。因此，我們探討漢字問題，應該撇開意識形態，避免鮮明的政治立場，消解無謂的霸權心態或心理防衛，才有助於共同目標的達成。

貳

目前漢字最大的問題，在於做為傳達資訊的工具，未能單純化、標準化以便於使用，當務之急是要在文字數量做適度的精簡。

漢字從漢代《說文解字》的9,353字，孳乳分化，到晉《字林》12,824字、後魏《字統》13,734字、梁《玉篇》16,917字、宋《大廣益會玉篇》22,561字、《類篇》31,319字、明《字彙》33,179字，歷代迭有增加，至《康熙字典》已達四萬九千多字。

文字的增加，固然與文物日增、品類日繁、思考加密等，有直接的關係，但更與文字整理者的態度有關。《說文解字》除了9,353字外，又收了音義同而形體不同的異體字，多達1,163字，稱之為重文，《類篇》重文多達21,846字。《康熙字典》字數所以如此之多，便是容納了所謂的古體、異體、俗體、簡寫、訛字。文字增加如此漫無節制，連被誤寫的形體也被接受，字數暴漲不知伊于胡底，如今《漢語大字典》更因還要納編簡化字，收字高達56,000，漢字如此浩繁，實非使用者之福。

漢字常用字不多，如蔡樂生的《常用字選》、馬晉封的《正字篇》，都以2,000字為度，近年在臺灣，部頒《國民學校常用字彙表》4,708字，已是加倍超收，《常用國字標準字體表》則收4,808字；若為較高深之需求，則《重編國語辭典》所收11,411字當已足夠。即使為古籍之研讀再予擴大收錄，16,000字可為極限。❷

❷ 臺北三民書局出版之《大辭典》，亦收或體、古文、俗字、簡字，達15,106字，用以研讀古籍已足，甚至還可以稍減。

在中國大陸近幾十年來所做的語文改革，如整理異體字，淘汰1,050字；規範漢字字形，共整理了6,196字等，基本上都是值得做的，只是擇取的標準還有待商榷。

叁

隨著文明的進步，人類使用的工具，朝著操作簡單、功能強化的方向改進。文字自然也以運用便捷、利於傳播，為其追求的目標與考量利鈍的尺度。因此，不論重新整理漢字的形體，或從事漢字形體改革，或可以此著眼。

其實，漢字本身的發展，便很自然地循此進行。考察漢字形體發展，一為簡化，如「纍」作「累」、「靁」作「雷」、「靃」作「霍」之類；一為繁化，如因「知」而有「智」、因「舍」而有「捨」、因「縣」而有「懸」、因「須」而有「鬚」、因「辟」而有「闢」之類。❸二者看似矛盾，其實前者為書寫便捷而簡化，但必須在不妨害辨義功能的先決條件下進行；後者是文字在有引申義或假借義後，為強化辨義功能而分化。分化所產生的新字，大多是再加形旁

❸ 此類之例繁多，段玉裁《說文解字注》所謂古今字者，多為此類。〈漢字簡化的商榷〉已舉多例，見《中國文字的未來》，頁一六〇及頁一六二～一六三。

的繁化，所以要認識它，是輕而易舉，並不會造成太大的負擔。這種繁化，使用後如果發現仍然同用一字並不至於混淆時，便又回歸原字不予分化。如「田」用為田獵而作「畋」，但今仍多用「田」，可見文字總是在運用便捷、利於傳播的前提下，求其繁簡折衷。

整理漢字若循此進行，既合乎文字演化的自然法則，也最具實用性與可行性。更何況如今資訊豐沛，除了極少部分的行業，人們平常總是閱讀多於書寫，如果文字改革為使書寫便捷，卻妨害辨義功能，影響閱讀速度，豈不是得不償失？尤其隨著電腦和複印機的普及，文字書寫的負擔已大為減輕，整理漢字形體的著眼點，應有所調整，書寫便捷已不是唯一思考方向，甚至不是優先考量的項目。如何使漢字結構更合理、更有系統，使人們在學習時，能以簡馭繁，易學易認，反而應該是最優先考慮的問題。這一著眼點，也許可以做為學者共同整理文字的參考。

據此，則一九三五年國民政府所頒布的《簡體字表》，以及大陸地區在一九五六年所公布的《漢字簡化方案》中，凡是採用假借或省去偏旁將不同的字予以混同，造成詞句意義的不明確的，如：出與齣、谷與穀、台與颱、仆與僕、干與幹、折與摺、松與鬆、胡與鬍、斗與鬥、朴與樸、只與隻、范與範、面與麵、咸與鹹、余與餘等，還是予以分化為宜。

因為「一出戲」與「一齣戲」、「斗膽」與「鬥膽」、「冷面」與「冷麵」應有所不同；「五谷」與「五穀」、「對折」與「對摺」、「台風」與「颱風」也應加以區別；「餘音嫋嫋」和「余音嫋嫋」所指有異；「本公司的船隻航行東南亞」豈可把「隻」字改成「只」，豈不增加閱讀的困擾？

雖然這些假借的使用，有些是前有所本的，而假借也是六書之一，但「本無其字，依聲託事」的六書假借，與「卒無其字，假借用之」的通假，畢竟都是不得已的變通，我們自當少用為宜。漢字的孳乳，以形聲為大宗，會意次之。漢字之有系統與條理，其所以能具備類化的功能，也都是形聲和會意能充分應用所以致之。我們不應該著眼於減少筆畫而濫用假借，其道理也就不言可喻了。

肆

英國語言學家葛勞德(Edw. Clodd)在其所著的《字母的故事》(*The Story of the Alphabet*)便以為：「理論上，中國人能書寫其本國語言前，須知道一大堆文字，所以一個二十五歲的用功學生，明顯地只有相等一個十歲英童——用二十六個字母——所有的寫讀能力。」❹使

❹ 依林祝敔譯文。林祝敔譯為《比較文字學概論》（商務印書館），頁七〇。

用漢字的人一定不以為然，葛勞德之所以這樣說，是因為他不懂漢字結構框架有其條理，有其系統，認字時自然就運用類化原則(Apperception)，以字根為基礎，很容易地認識許多新字。他以為漢字是歪七扭八不規則線條所組成的符號，儘管常用字只有幾千字，學習數千種不同的線條組合是夠複雜的，需要相當的時間，因此認為我們二十五歲的青年學子，應該難以具備足夠的寫讀能力。

如果漢字發展完全走象形和指事的路子，不曾使用會意和形聲；如果我們在整理漢字時完全漠視結構框架的條理，紊亂其系統，將它變成彼此不相關聯的符號，我們學習漢字就可能像葛勞德所說的那麼困難了。

六書是解釋漢字造字的法則，也是掌握漢字體系的統緒，雖然六書的理論仍不免有一些爭議，但它仍是認識漢字時「執簡馭繁」的法寶。❺因此，我們不能因它曾受破壞而輕言放棄，就像地球生態受到破壞，如今大家都在力求補救那樣。我們應該盡力維護漢字的孳乳規律，挽救漢字的合理生態，在整理時更應遵循六書原理，加強字形的系統化、合理化，消除不合理的結構，避免產生不必要的新字根，這將會使漢字更便於學習及處理。

---

❺ 拙著〈漢字簡化的商榷〉已言之甚詳，見《中國文字的未來》（臺北，海峽交流基金會，一九九二年八月二〇日出版），頁一六四。

據此，一九三五年國民政府所頒布的《簡體字表》，以及大陸地區在一九五六年所公布的《漢字簡化方案》中，凡是為了省幾筆，破壞六書原則，擾亂了文字形構體系，妨礙學習時類化運用的，如鄧作「邓」、聖作「圣」、權作「权」、對作「对」、難作「难」、東作「东」、時作「时」、義作「义」、動作「动」、歲作「岁」、劉作「刘」、歸作「归」等，都應該予以廢棄。因為它平白出現許多新的或沒有功能的符號，徒增學習的困難和處理的複雜，實有害於便捷的原則，也違背簡化的初衷。

伍

歷史藉文字得以記載，文化也藉文字得以傳承。所以我們不但藉文字與時人溝通，也藉它尚友古人、傳承文化、了解歷史。因此，文字既已約定俗成，除非有絕對必要，否則當以沿用為宜，以免因此造成溝通困難、文化斷層。

依個人管見，若要進行漢字形體的簡化與調整，比較可行的是：從字根簡化入手，而變革的幅度不宜太大。換句話說，是從漢字結構的基本質素，做有條件的、選擇性的簡化。這可以從三方面進行：

㈠在別異的制約下適度同化：同化是漢字演化過程中極常見的現象，如「春、奏、奉、泰」四字的不同，不僅在「日、夭、手、水」的部分，上半的結構也彼此不同，但今已同化；又如「異、胃、番、思、果、雷」所有類似「田」字的部分，皆非田字，而且來源全都不同，如今也已同化。這些同化雖不利於字源的直接判斷，但行之久遠，為字樣學者所接受，因此我們未嘗不可把形體相似，字義都跟腳步有關的「夂、夊」兩部予以混同，對減少字根或有助益。這種同化以求簡，當以「形」為限，而不包括聲符。因為聲符同化，即失去標音功能，破壞六書認字的原則，徒增文字中非形非聲的不合理結構。前車之鑒，豈可不慎？

㈡改異化字以減少特殊形構：文字演化除了同化之外，還有異化現象，如「糞」和「棄」，就小篆而言，二字上半有別，下半無異，可是隸變之後，「棄」的下半形體卻與「糞」異化而成特殊形構，此形構成為認字與處理的負擔，如果改用古文結構，將有助於簡化。異化有時是字形產生部分移位的結果，如「雜」是「從衣集聲」，由於聲符「集」其「木」旁的左移，使雜字的左旁成特異結構，整理時不妨將它回歸原位。又如「從、徙」二字的右下，是左旁「辵」字「止」的部分右移而來，如果回歸原位，對漢字結構的合理化、系統化、單純化，應有所助益，所以這該是漢字簡化可以考慮的新方向。

㈢容許聲旁做有限度的變造：漢字形聲字的聲符應該是兼義的，宋代王聖美即倡所謂「右文說」，❻但後造的形聲字，常僅標音而不兼義，那麼聲符的替換，也就沒有太大的限制。歷來簡體字和俗字，常依此變造。如戰作「战」，糧作「粮」，膽作「胆」，藥作「葯」，燈作「灯」，檯作「枱」，癢作「痒」之類。如果今後我們只著眼於字根的簡化，不考慮做筆畫的簡化，那麼這種聲符的變造，也該限制在能廢除某些字根的前提下進行。如「僊」今已改用會意字「仙」，而「䙴」這聲旁的使用相當有限，若用「千」取代，那麼「遷、韆」都可隨之簡化，筆畫多、結構複雜的形體完全廢置，也就發揮簡化的功能了。聲符的變造，應以音韻的妥合為條件，如果也能顧全古音系統，那就更理想不過了。❼

陸

簡化字常無法類推，最為人所詬病。如「燈」簡化作「灯」，但「澄」不能簡化作「汀」；「過」簡化作「过」，但「剮」不能簡化作「刌」，「鍋」不能簡化作「釒寸」。有關這部分，大

❻ 見沈括《夢溪筆談・藝文一》及張世南《游宦紀聞・九》。

❼ 簡化字紊亂中國文字的古音系統，常為人所詬病，見陳新雄先生〈所得者少所失者多〉，收入《中國文字的未來》，頁一四。

陸《中國語文雜誌》社編的《簡化漢字問題》即已提出：

> 簡體字和漢字原來的系統是有矛盾的，最明顯的例子是簡體字把許多不同偏旁都簡化成一個「又」字，如「漢、歡、雞」簡作「汉、欢、鸡」，如果按「漢」字類推，「欢」應該是「歎」；如果按「歡」字類推，「汉」應該是「灌」；如果按「雞」字類推，「汉」應該是「溪」。❽

另外，文字出版社所編的《漢字的整理和簡化》，也提到這方面的問題：

> 類推方法只能應用於字形不至於誤解、社會交際不至於發生混亂的範圍內。不能因為「時」字簡成了「时」，就將「寺詩侍」簡作「寸討付」。錯誤的類推只會造成漢字形體的混同，造成文字系統的混亂，影響文字的社會交際功能的發揮。❾

---

❽ 上海中華書局，一九五六年三月一版，頁四一。

❾ 依應裕康先生〈論中共簡體字〉所引，見《中國文字的未來》，頁一三三。

這些看來似乎兩難的問題，其實若依前述的簡化原則，就都會迎刃而解。我們只要在簡化時維護六書的原則，那就不會有偏旁類推不能全面的問題，因為那些偏旁不能類推者，絕大多數都是屬於節省筆畫不合六書的簡化。至於少數另行變造的形聲或會意，如「燈」簡化作「灯」之類，是諧聲偏旁的變造，根本就不必做偏旁類推。如果我們只做字根的簡化，那都是可完全類推的，所以也就根本沒有這方面的問題了。

柒

漢字的整理工作，可以從形、音、義三方面來討論，實非一篇短文所能涵蓋，如今當以形體的整理最為迫切，所以先就形體加以討論，大體可得五點結論：

㈠文字既已約定俗成，除非有絕對必要，否則當以沿用為宜，如今論整理之道，除了消弭溝通上的困難之外，還須祛除文化斷層方面的疑慮，所以簡化幅度不宜太大。

㈡為便於漢字學習及處理，加強字形的系統化，應是整理時最優先考慮的前提。

㈢為使漢字結構更合理，整理時應恪遵原有的六書原則，不合者宜予廢置。

㈣為強化漢字辨義功能，整理時應容許文字的分化、形體的繁化，避免假借過度運用，否則將違背文字演化的歷史規律與使用便捷的原則。

㈤為使漢字運用便捷，應容許文字數量與形體予以適度的精簡，文字數量以一萬六千字為上限，形體的精簡應從精簡字根入手。

雞鳴不已於風雨

——在巨變中連雅堂所展現的書生本色

壹

多少年來，連雅堂的〈臺灣通史序〉都被選為高中高職國文的教材，所以為莘莘學子所熟讀。雅堂先生在這篇文章的最後說：

> 洪惟我祖先，渡大海，入荒陬，以拓殖斯土，為子孫萬年之業者，其功偉矣！追懷先德，眷顧前途，若涉深淵，彌自儆惕。烏乎！念哉！凡我多士，及我友朋，惟仁惟孝，義勇奉公，以發揚種性；此則不佞之幟也。婆娑之洋，美麗之島，我先王先民之景命，

實式憑之。

所謂「凡我多士……，不佞之幟」云云，連雅堂顯然是以中國傳統之士自任。錢賓四先生曾說：「中國之士則自有統，即所謂道統。此誠中國民族生命文化傳統之獨有特色，為其他民族之所無。」❶中國知識分子的道統，黃俊傑有相當精闢的說明：

從中國歷史的經驗來看，中國知識份子自春秋戰國初次出現於歷史舞臺之時，即已發展了一種群體的自覺，而以文化傳統的承先與啟後自任。傳統中國知識份子所懷抱的這種文化傳統，成為他們安身立命，證成生命價值的根據，也是他們賴以批導現實的基礎。❷

我們用這一個角度，去考察一位生於臺灣，少年時期鄉土便被割讓，失去根植的土壤，

❶ 錢穆〈中國文化傳統中之士〉，《臺灣日報》，民國七十九年九月二十八日。
❷ 黃俊傑〈關於人文學術研究的幾點初步思考〉，《儒學傳統與文化創新》（東大圖書公司，民國七十五年八月再版），頁一。

又身歷中國社會經濟政治「三千年未有之大變局」的知識分子，對他一生志業以及其行事所展現的書生本色，或將有更多的了解；對他「雞鳴不已於風雨」的生命情懷，或將有更深的體認。

貳

連雅堂處處「以文化傳統的承先與啟後自任」，所以他說：

凡一民族之生存，必有其獨立之文化，而語言、文字、藝術、風俗，則文化之要素也。是故文化而在，則民族之精神不泯，且有發揚光大之日。此徵之歷史而不可易也。臺灣今日文化之消沈，識者憂之，而發揚之、光大之，則鄉人士之天職也，余雖不敏，願從其後。❸

❸ 連橫《雅言》第二則，《臺灣文獻叢刊》（臺灣銀行經濟研究室，民國五十二年二月）第一六六種，頁一～二。

他時時懷抱「這種文化傳統，成為他安身立命，證成生命價值的根據」，於是有強烈的使命感，以文化之發揚光大為鄉人士之天職，並「願從其後」；同時也是以它為「批導現實的基礎」。

他所承先啟後的文化傳統，是以漢文化為主體而稱之為中國的文化傳統，並且強調臺灣與中國大陸的血緣關係，他說：

> 臺灣之人，中國之人也；而又閩粵之族也。閩居近海，粵宅山陬，所處不同，而風俗亦異。故閩之人多進取，而粵之人重保存。……緬懷在昔，我祖我宗，橫大海，入荒陬，臨危禦難，以長殖此土，其猶清教徒之遠拓美洲，而不忍為之輿隸也。❹

他不僅從民族血緣、風俗民情，強調臺灣與中國大陸的關係，更從居民的人群關係、社會制度著眼，強調宮室、飲食每同於漳、泉，而典章制度「皆先王之禮也」，❺商務、工藝「其器皆閩粵之器也」。❻

---

❹ 連橫《臺灣通史》（眾文圖書公司）卷二十三，〈風俗志序〉。
❺《臺灣通史》卷十，〈典禮志序〉。
❻《臺灣通史》卷二十六，〈工藝志序〉。

以目前臺灣的政治生態，動輒以「統派」、「獨派」加以區隔，在連雅堂的時代，當然沒有這兩方面對立的立場問題。當時臺灣即或有主張獨立的「獨派」人士，也是想自外於日本，即或反清也非真正想自外於中國。今日所謂統獨之爭，原本是政治立場之爭，卻也扯入歷史文化層面的問題，以為立論之張本。於是不免有人引前賢以自重，抑或批判前人以自顯，最早撰述《臺灣通史》的連雅堂先生，基於民族大義，對中國大陸與臺灣的關係多所著墨，也就難免被引用而無端的被捲入。若檢視雅堂先生對中國文化認同的言論，不就正好是當今被歸為「統派」者所使用的符碼？所以他不免被視為臺灣「統派」人士之典範與先驅。其實，將他做這樣的歸類並不恰當。

叁

由於甲午戰爭所訂的馬關條約，清廷將臺灣割讓給日本，當時「臺灣民主國」成立，被任命為臺灣民主將軍的劉永福，曾借住馬兵營，❼連氏宅第即為軍隊所處，雅堂先生也因此

❼ 馬兵營為明鄭駐師故地，為連氏康熙年間渡海來臺卜居之地，乃今臺南市自南門路以西至新生路以東之總地名。見鄭喜夫《連雅堂先生年譜》（臺灣風物雜誌社，民國六十四年一月），頁三。

得以蒐集其相關文獻撰述《臺灣通史》，他當時自然不可能完全沒有臺灣獨立的政治意識。

且看他在《臺灣通史》「尊延平於本紀，稱曰建國」，❽除稱明鄭一章為〈建國紀〉之外，又立〈獨立紀〉，對臺灣淪陷於日本後，臺灣人為求獨立，誓死抵禦、孤軍奮鬥，其可歌可泣之事蹟，記載鉅細靡遺，並再三致意，❾這些都顯示他對當年臺灣開國、獨立，是抱持肯定的態度。他也因淪陷而「走番仔反」內渡。再看連雅堂在鄉土文學和臺灣語文方面的主張，都在在是當今被歸為「獨派」者所常使用的符碼。

連雅堂在《雅言》第一則，說明他撰述《臺灣語典》之用心：

> 比年以來，我臺人士者輒唱鄉土文學，且有臺灣語改造之議，此余平素之計劃也。顧言之似易而行之實難，何也？能言者未必能行，能行者未必能言；此臺灣文學所以趨於萎靡也。夫欲提倡鄉土文學，必先整理鄉土語言。而整理之事，千頭萬緒：如何著手、如何搜羅、如何研究、如何決定？非有淹博之學問、精密之心思，副之以堅毅之氣力、與之以優游之歲月，未有不半途而廢者也。余，臺灣人也；既知其難，而不敢

---

❽《雅堂先生文集》（文海書局）卷一，〈閩海紀要序〉。

❾民國九年《臺灣通史》出版，〈獨立紀〉遭日本當局強令改名，乃以〈過渡紀〉代之。

以為難。故自歸里以後，撰述《臺灣語典》，閉門潛修，孜孜矻矻。為臺灣計、為臺灣前途計，余之責任不得不從事於此。此書苟成，傳之於世，不特可以保存臺灣語，而於鄉土文學亦不無少補也。⑩

其見地似乎也與當今所謂「獨派」所主張者相彷彿。

但當今一些獨派人士之所以崇尚臺灣鄉土文學，是基於要以它擺落中國文學的傳統；他們力倡對臺灣語文加以整理和研究，是期待它能在普通漢語之外自立門戶。⑪這與連雅堂的意圖則又完全不同。

連雅堂不但說：「臺灣文學傳自中國，而語言則多沿漳、泉。」⑫同時也不把使用方言的文學視為域外文學，強調使用方言是中國文學傳統的現象之一。他說：

---

⑩《雅言》第一則。同❸，頁一。

⑪獨派人士雖多崇尚臺灣鄉土文學，力倡臺灣語文研究，但當今崇尚臺灣鄉土文學，力倡臺灣語文研究者，其旨趣不一，未必都是獨派人士。此不可不辨。

⑫見《雅言》第三則。同❸，頁二。

方言之用，自古已然。《詩經》為六藝之一，細讀〈國風〉，方言雜出：同一助辭，而曰「兮」、曰「且」、曰「只」、曰「忌」、曰「乎」，而諸夏之間猶歧異；然被之管絃，終能協律，此則鄉土文學之特色也。是故《左傳》既載「楚語」，《公羊》又述「齊言」，同一諸夏而言語各殊。執筆者且引用之，以為解經作傳之具，方言之有繫於文學也大矣。⓭

同時他也引《論語》、《爾雅》、《楚辭》、《史記》使用方言語彙為例，進一步加以說明。⓮除此之外，更以臺灣歌謠比附於中國文學的歌謠傳統之中。他說：

「竹枝」、「柳枝」之詞，自唐以來久沿其調，而臺北之〈采茶歌〉，可與伯仲。采茶歌者，亦曰「褒歌」。為采茶男女唱和之辭，語多褒刺；曼聲宛轉，比興言情，猶有〈溱洧〉之風焉。⓯

⓭ 見《雅言》第四則。同❸，頁二。

⓮ 見《雅言》第五至八則。同❸，頁三～四。

⓯ 見《雅言》第十一則。同❸，頁五。

我們只要徵之於他所說「文化而在，則民族之精神不泯，且有發揚光大之日。此徵之歷史而不可易也。臺灣今日文化之消沈，識者憂之」的話，便可知道：他是體認到臺灣在日本皇民化政策推動下有種性危機，唯有藉臺灣語文與鄉土文化的保存，才能繫民族精神於不墜，才不負先王先民之景命。所以他基本上是認同於民族文化的中國，甚至要溯源於這文化的中國，實迥異於當今某些獨派人士的文化立場。

肆

我們說他基本上是認同於民族文化的中國，而不說他完全認同於中國，是因為他基本上並不認同當時中國的政權，甚至有意推翻它。

雅堂先生雖曾於光緒二十八年（一九〇二）赴福州應鄉試，似有依循當時中國大陸的政治體制一展長才的意圖。但光緒三十一年，日俄戰後，他便氣憤朝政不修，攜眷赴廈門創《福建日日新聞》，⓰鼓吹排滿，鼓吹革命。因言論激烈，南洋方面中國同盟會派人前來商量，擬

⓰ 鄭喜夫《連雅堂先生年譜》云：「《家傳》及《年表》俱作《福建日日新報》；而楊雲萍先生藏先生

改組為中國同盟會機關報，清廷向駐廈門日本領事館抗議，報館遂被查封，雅堂先生因此對當時中國政權完全絕望。

辛亥革命成功，清帝溥儀退位，雅堂先生親撰祭鄭成功文：

中華光復後之年壬子春二月十二日，臺灣遺民連橫誠惶誠恐，頓首再拜，敢昭告於延平郡王曰：於戲！滿人猾夏，禹域淪亡，落日荒濤，哭望天末，而王獨保正朔於東都，以與滿人拮抗，傳二十有二年而滅。滅之後二百二十有八年，而我中華民族乃逐滿人而建民國。此雖革命志士斷脰流血，前仆後繼，克以告成，而我王在天之靈，潛輔默相，故能振天聲於大漢也！夫春秋之義，九世猶仇；楚國之殘，三戶可復。今者，虜酋去位，南北共和，天命維新，發皇踵厲，維王有靈，其左右之。⓱

在《雅言》中對揶揄施琅的謔詩，便津津樂道：

其反清之情充分流露。

⓱《雅堂先生文集》卷二，〈告延平郡王文〉。手稿本《臺灣詩乘》下編作《福建日日新聞》，茲從之。」

施琅為鄭氏部將，得罪歸清；後授靖海將軍，帥師滅臺。清廷以其有功，詔祀名宦祠。祠在文廟櫺星門之左，臺人士以其非禮，為詩以誚之曰：「施琅入聖廟，夫子莞爾笑；顏淵喟然歎：『吾道何不肖！』子路慍見曰：『此人來更妙；夫子行三軍，可使割馬料。』」可謂謔而虐矣。⓲

雅堂先生不但樂道誚謔施琅的詩，更使用「帥師滅臺」的字眼，將臺灣自外於清廷的態度，乃不言可喻。當時雅堂先生親睹日本佔領臺灣，民族意識極為強烈，以滿清為夷狄入主，其立場鮮明是可以理解的。

等到民國肇建，他便一心嚮往他心目中的祖國，病體初癒，即取道日本遊居上海。他在〈大陸詩草序〉自述道：

連橫久居東海，鬱鬱不樂，既病且殆，思欲遠遊大陸，以舒其抑塞憤懣之氣。當是時，中華民國初建，悲歌慷慨之士雲合霧起，而余亦戾止滬瀆，與當世豪傑名士美人相晉

⓲《雅言》第五五則。同❸，頁二五。

接，抵掌天下事，縱筆為文，以譏當時得失，意氣軒昂，不復有癥憊之態。[19]稱臺灣為東海，其與民國志士投合歡愉之情溢於言表。

雅堂居上海，任華僑聯合會報務，以國事告海外，並當選為國會議員華僑選舉會代表。民國二年，袁世凱違法向五國銀行團借款，輿論譁然，雅堂「日以函電告海外，批答華僑之以書相問者，腕為之瘦」，[20]後來應《新吉林報》之聘，遠遊關外，也曾創刊《邊聲報》以持公論。由這些事跡，便可知道他是如何關懷國事，如何「以文化傳統的承先與啟後自任」，以「這種文化傳統，為他安身立命，證成生命價值的根據」，並以它為「批導現實的基礎」。

伍

民國肇建，雅堂先生雖遊居他心目中的祖國——中國大陸，但他還是最熱愛鄉土，心繫的還是臺灣，時時以維護臺灣之歷史文化為己任。這種情操不但見諸筆端，更見諸行動。

---

[19] 《雅堂先生文集》卷一。

[20] 見《雅堂先生餘集》卷二，〈大陸游記〉。

民國三年夏天，應清史館趙爾巽之延聘，為名譽協修入館供事，盡閱館中有關臺灣建省檔案，錄存沈葆楨、林拱樞、袁葆恒、左宗棠等之奏疏，為撰《臺灣通史》預做準備。當年冬天回到臺灣，再主持臺南新報社，居故里，潛心著述，於民國五年，撰述《臺灣稗乘》。自序云：

橫海隅之士也，投身五濁，獨抱孤芳。以硯為田，因書是穫。自維著述，追撫前塵。爰摭舊聞，網羅遺佚。吮毫伸筆，積月成編。徵信徵疑，盡關臺事。命名稗乘，竊附九流。㉑

民國六年又從事《臺灣詩乘》之纂輯，集古今之詩，凡有繫於臺灣之歷史、地理、風土、人情者無不採入，他說：

臺灣三百年間，能詩之士後先蔚起，而稿多失傳，則以僻處重洋，剞劂未便，采詩者復多遺佚，故余不得不急為搜羅，以存文獻。《詩》：「惟桑與梓，必恭敬止」，況於

㉑《雅堂先生文集》卷一，〈臺灣稗乘序〉。

耆舊之文采，可任之湮沒乎？㉒

《詩》所謂：「惟桑與梓，必恭敬止」，也為〈臺灣稗乘序〉所引用，可見桑梓是雅堂先生所念茲在茲的，他又說：

余撰《詩乘》，搜羅頗苦，凡鄉人士之詩，無不悉心訪求；即至一章一句，亦為收拾，固不以瑕瑜而棄也。志乘彫零，文獻莫考，緬懷先輩，賸此遺芳，錄而存之，以昭來許，差勝於空山埋沒也。㉓

可見他對臺灣文化資產的保護是多麼盡心盡力。

民國七年，他終於完成了《臺灣通史》。他在自序說：

夫史者，民族之精神，而人群之龜鑑也。代之盛衰，俗之文野，政之得失，物之盈虛，

㉒ 《臺灣詩乘》卷二。

㉓ 同㉒。

均於是乎在。故凡文化之國，未有不重其史者也。古人有言：「國可滅而史不可滅。」是以郢書、燕說，猶存其名；晉乘、楚杌，語多可採；然則臺灣無史，豈非臺人之痛歟？

可見他多麼熱愛臺灣！有多麼強烈的文化使命感！連日本人尾崎秀真都大為推崇，而為《臺灣通史》作序曰：

> 連子讀萬卷書，行萬里路，鎔鑄經史，貫穿古今，其史眼即禪家最上乘法眼也。憤臺灣史乘未備，世方熙熙攘攘、競競逐逐於利，此獨超然物外、閉戶著書，前無古人、後無來者，非肩自銳任者，曷克臻此！臺灣史料當以撫墾拓殖最為偉觀，而前賢之筆路襤褸往往見遺小儒，湮沒不彰；連子獨搜羅剔刮，廓而明之，或摭採父老口碑，或徵於北京史館，綱舉目張，探討極富，故能蔚然成為《臺灣通史》。雖曰人事，豈非天之誕降其奇，使完茲編纂使命哉！連子非官也，一介之史家也。㉔

㉔ 見《臺灣通史》上冊，尾崎秀真係《臺灣日日新聞報》主筆。

所推崇的是造詣，而所強調的便是使命感。連夫人在〈臺灣通史後序〉說：

嗟夫！夫子之心苦矣！夫子之志大矣！臺自開闢以來三百餘載，無人能為此書；而今日三百餘萬人，又無人能為此書。而夫子毅然為之。抱其艱貞，不辭勞瘁，一若冥冥在上有神鑒臨之者。而今亦可以自慰矣！

其所以「一若冥冥在上有神鑒臨之者」，也是使命感使然。

民國八年春，應華南銀行發起人林熊徵之聘，為處理與南洋華僑股東往返文牘之祕書，移家臺北大稻埕，與瀛社諸同人擊缽聯吟，頗盡文字之歡。其間參與新民會，為增進臺灣同胞福祉而努力，並多次參加臺灣文化協會的文化講座，擔任講師，為發揚本土文化不遺餘力。㉕

陸

根據上述史料，謹歸結以下三點與識者共同砥礪：

㉕ 見張翠蘭《連雅堂學述》（國立政治大學中國文學研究所碩士論文，民國八十一年六月），頁四九。

一、雅堂先生在巨變中展現了「雞鳴不已於風雨」的書生本色與風範，這實在是根源於傳統知識分子的使命感，以文化傳統的承先與啟後自任，以此為安身立命，證成生命價值的根據，同時也以它作為批導現實的基礎。於是他致力於文史的講學與著述，以維護文化的傳承，用心良苦，成果豐碩；他更投身報業，從事社會改造，聲援政治活動，提倡女權，破除迷信，影響深遠。㉖

雅堂先生雖然關心政治，聲援政治活動，但我們不應該用現在的政治尺碼來為他量身，將他歸類，為他加上新標籤。因為政治環境不同，政治生態已經改變，這些標籤不但未能讓我們對前賢有更明確的認識，反而會因為急於定位，造成削足適履或籤碼名實不符的窘境。

二、在士人的生命世界裡，以文化傳統之承先啟後自任的群體自覺，與關懷鄉土、熱愛桑梓，不但並行不悖，更是相輔相成，甚至互為因果。所以即或以現在的政治尺碼來為雅堂先生量身，也要以這種體認為前提，才足以解讀他的語言符碼，並體會其心路歷程及生命承載，才不致於曲解前賢的苦心。

同時也在這種體認下，才足以了解當前許多有人文素養的知識分子的心靈世界，並結合

㉖ 見張翠蘭《連雅堂學述》第四章第二、三節，頁九九～一〇七。對其聲援政治活動，提倡女權，破除迷信等方面已多所闡述。

他們的力量，共同為鄉土而努力。

三、透過對雅堂先生的了解，對傳統知識分子以文化傳統之承先啟後自任的群體自覺，也必能有更進一步的了解和體認。由於此群體自覺至今仍深植在許多知識分子的心中，所以當前熱心政治活動人士，對有此生命情懷的知識分子，當可藉此而能多所了解。

個人的政治立場是因應政治生態隨時調整的，關懷文化傳統的知識分子，對於當前政治性的政策議題，或因著眼點不同，意見難免有出入；其間或因其所關懷的文化議題超越了他對現實政治問題的考量，於是有不同的思維。舉凡這些差異，我們應該展現民主的成熟度，給予以適度的包容與尊重。畢竟我們不但不應該無的放矢，更不可以將文化人驅入政治射擊場中充當飛靶，大陸文化大革命造成浩劫便是殷鑑，我們豈能再重蹈覆轍！

孔孟對春秋政治人物的品評及其現代意義

提　要

孔孟對政治人物的批評，對後世以至現代，都有深遠的影響。透過孔孟對春秋政治人物——齊桓公、晉文公、管仲、晏嬰、子產的品評，可尋求其品評角度與尺度的異同，而其品評也深具現代意義。

此論題的現代意義可以闡述的有五點：一、品評政治人物的功業高下，應重仁政王道的落實，輕霸業手段的完成。二、政治人物可從器識與為人品其高下，也以其行為是否磊落、作風是否正派為主要的尺度。三、品評政治人物不應過於苛責求全，而應注意其能否權衡利弊得失，把握原則與目標。四、政治人物不應汲汲於塑造示惠的形象，而應注重群體目標的實現。五、政治人物不應有施恩予惠的心態，而應以造福百姓為當然的責任。以供當代中國兩岸政治人物與輿論界之參考，或有助於中國政治革新與現代化。

壹　前言

孔孟思想是中國傳統思想的主流，對歷代中國人的思想，影響鉅大而深遠，這是不爭的事實。❶就政治人物的品評而言，歷來讀書人固然喜歡據古以諷今，引聖人之言以自重，而在民間小說戲曲中所流傳的忠孝節義，也莫不以孔孟為依歸。所以，國人對政治人物的品評，常以孔孟之說為其尺度。這在講求民主的時代，仍有其現代意義。❷

民主時代的政治人物，爭取的是民眾的支持，自然要了解人心。尤其領袖群倫的人物，除了要為各群體的需求，找到合理的平衡點之外，更要注重自己形象的塑造。形象好壞的分

❶ 李澤厚《中國古代思想史論》（人民出版社，一九八六年三月），對孔子的評價，不無可議，但他也強調孔子思想「其中包含多元素的多層次交錯依存，終於在歷史上形成了一個對中國民族影響很大的文化——心理結構」，頁七。

❷ 本文強調其積極意義，對李澤厚《中國古代思想史論》以為孔子是「封建上層建築與意識形態人格化的總符號，它當然是資產階級民主革命的對象。」不以為然。

際在哪裡？政治人物的哪些道德情操是人們所推許或視為必備的？都可能隨國情不同而有差異。在美國這開放的社會，有人因離婚而當不上總統，更有因緋聞而退出總統競選，這在東方人看來，都可能是匪夷所思的。美國有其傳統，當政治人物自有其禁忌；中國有中國的傳統，對政治人物的要求另有其標準。尺度是什麼？底線在哪裡？這該是為自己塑造形象的政治人物所不可或忽的。

貫徹民主憲政應是中國未來的必然之路，海峽兩岸的政治發展，終究會以民心歸向為其主導力量。哪一類的政治人物才能為億民擁戴，以完成統一的歷史使命？這該是關心中國前途的人所關切的。要了解這些，我們可以從孔孟言論去探究數千年來品評尺度的根源，從而了解即使在民主時代也不會改變的心理結構。

談到孔孟最標榜的政治人物，當然是堯、舜、禹、湯、文、武、周公；所非議的，莫非是桀、紂。這些不是已神格化的聖賢，就是眾惡所歸的暴君。這兩極化的人物，一方面是因人們都耳熟能詳，另方面也因其是非分明、善惡立判，根本沒有可供斟酌探討的餘地，所以本文不擬加以分析，而專取春秋時代的政治人物。由於這些人物接近孔孟的時代，當時有關其言行的史料俱在，未被理想化、神格化或醜惡化，所以在品評上就有看似矛盾而值得探討之處，加以那個時代與當前中國在某些方面自有其近似之處，所以更值得論究。為使討論能嚴謹深入，所以探討的範圍限於春秋時代的齊桓公、晉文公、管仲、晏嬰和子產五人。從孔孟對他們的批評，尋求其批評的立足點與角度，以窺測構成傳統品評的尺度，並從現代民主的眼光，凸顯其現代意義，以供中國政治人物與輿論界的參考，這或將有助於中國現代化與未來的發展。

貳　孔孟對齊桓公和晉文公的批評

齊桓公，姓姜，名小白，為齊襄公之弟，因襄公無道而奔莒。襄公被弒後，回國即位，以管仲為相。尊周室，攘夷狄，會諸侯，一匡天下，遂成霸業，為春秋五霸之首。晉文公，姓姬，名重耳，晉獻公之子，因驪姬譖害而流亡在外十九年。後來得秦穆公的幫助，回國即位。勤周襄王平亂，又率諸侯救宋破楚於城濮，奠定春秋晉國長期霸業的基礎。

孔子對二霸有很精闢的評論，《論語・憲問》：

子曰：「晉文公譎而不正，齊桓公正而不譎。」

朱熹以為「二公皆諸侯盟主，攘夷狄以尊周室者也。雖以其力假仁，心皆不正，然桓公伐楚，仗義執言，不由詭道，猶為彼善於此；文公則伐衛以致楚，而陰謀以取勝，其譎甚矣。」❸雖然王引之《經義述聞》以為：「正」為經，「譎」為權，譎非貶辭；文公能行權而不能守經，桓公守經而不能行權，各有所長，各有所短。但從《左傳》看來，晉文公之詭詐，歷歷可指，呂祖謙析之甚詳。❹晉文公得位太晚，得位後急於立霸，不惜詭詐。❺齊桓公有管仲「善因禍而為福，轉敗而為功，貴輕重，慎權衡」，❻可以為他策劃一切，而且在位日久，可以循理漸進不由詭道。孔子贊美「桓公九合諸侯，不以兵車」，雖然是借「管仲之力」，❼但畢竟還是屬於桓公的功業，所以說他「正而不譎」。

《孟子》提到齊桓公，都與晉文公並列，其中一則是說《春秋》「其事則齊桓、晉文，其文則史」，❽無關二霸的品評。另一則是當齊宣王問起齊桓、晉文之事，孟子卻說：「仲尼之

---

❸ 見朱熹《四書集註》其本章注。

❹ 見呂祖謙《左氏博議》卷十五，〈宋叛楚即晉〉。

❺ 詳見拙作〈左傳寫晉文公譎而不正〉，刊於《孔孟月刊》十九卷五期（民國七十年一月出版），頁二六～三〇。

❻ 見《史記・管晏列傳》。

❼ 見《論語・憲問》第十六章。

徒無道桓文之事者，是以後世無傳焉，臣未之聞也」，然後就把話題引到「王道」，❾也沒有針對齊桓、晉文加以評論。但「仲尼之徒無道桓文之事者」這句話，就對二霸已有所貶斥。這是因為戰國時代，各國講求富國強兵，以致戰爭頻仍，民不聊生，於是孟子主張「善戰者服上刑」，❿在倡導王道的前提下，貶抑霸業是勢所必然。不過從另一個角度來看，孟子對五霸還是有相當程度的肯定，認為「今之諸侯，五霸之罪人也」：

> 五霸，桓公為盛。葵丘之會，諸侯束牲載書而不歃血。初命曰：「誅不孝，無易樹子，無以妾為妻。」再命曰：「尊賢育才，以彰有德。」三命曰：「敬老慈幼，無忘賓旅。」四命曰：「士無世官，官事無攝，取士必得，無專殺大夫。」五命曰：「無曲防，無遏糴，無有封而不告。」曰：「凡我同盟之人，既盟之後，言歸于好。」今之諸侯，皆犯此五禁；故曰：今之諸侯，五霸之罪人也。⓫

❽ 見《孟子・離婁下》第二十一章。
❾ 見《孟子・梁惠王下》第七章。
❿ 見《孟子・離婁上》第十四章。
⓫ 見《孟子・告子下》第七章。

這固然是借古以非今，但對五霸維護政治倫理、維持政治秩序，則給予正面的肯定。至於其所非者，正是「摟諸侯以伐諸侯」的武力征伐、霸業的奠立。其中透露的訊息，與日後對政治人物品評尺度所造成的影響，是很值得我們注意的。

叁　孔孟對管仲和晏嬰的批評

管仲，名夷吾，齊潁上人，初事公子糾，後為齊桓公相。以通貨積財，富國強兵，尊周室，攘夷狄，九合諸侯，一匡天下，使齊桓公成為五霸之首。被尊稱為仲父，諡號敬。《史記》有傳。

《論語》提到管仲有四處，《孟子》則有三處。在《論語》中，孔子論管仲有三次是因別人問起，一次是主動提出。有別人問起的時候，孔子總是為管仲說話而加以贊美，但主動提出時，卻加以非議。《論語．憲問》在「或問子產」、子西之後，又問管仲。孔子回答：「人也，奪伯氏駢邑三百，飯疏食，沒齒無怨言。」管仲剝奪人家采邑三百戶，讓對方窮約終身而毫無怨言，可見其嚴正令人心服。孔子強調此一事實，正與子產的「惠人」是相反的作風，但孔子對他們都是褒而不貶，這該是在最沒有其他條件與氣氛影響下，對二人執政的稱許。《論語・憲問》還有兩則，是在子路與子貢對管仲質疑之後，孔子為管仲有所辯護：

子路曰：「桓公殺公子糾，召忽死之，管仲不死。曰未仁乎？」子曰：「桓公九合諸侯，不以兵車，管仲之力也。如其仁！如其仁！」

接著又是：

子貢曰：「管仲非仁者與？桓公殺公子糾，不能死，又相之。」子曰：「管仲相桓公，霸諸侯，一匡天下，民到于今受其賜；微管仲，吾其被髮左衽矣！豈若匹夫匹婦之為諒也，自經於溝瀆而莫之知也！」

這很容易讓人以為孔子是因管仲有「相桓公，霸諸侯，一匡天下」的事功，所以曲諒他不能為子糾死。其實，我們更該掌握的是：因他「不以兵車」，所以「如其仁」；因他免除人民「被髮左衽」淪為夷狄的危機，所以稱許他可以不為子糾死。孔子不輕易以「仁」許人，許管仲

「如其仁」，可見評價之高。可是在《論語・八佾》卻批評他「器小」：

子曰：「管仲之器小哉！」或曰「管仲儉乎？」曰：「管氏有三歸，官事不攝，焉得儉？」「然則管仲知禮乎？」曰：「邦君樹塞門，管氏亦樹塞門。邦君為兩君之好，有反坫，管氏亦有反坫。管氏而知禮，孰不知禮？」

批評他器小，又說他侈靡太過不知禮。表面上看來，似乎令人費解：何以在生死大節上，孔子曲諒他；在用度小節上卻加以嚴責？這一方面可能有「責賢」之義，但基本上，其生死進退，事關民族大義，在民族大義下個人生死反而是小信小節了。但在其用度並沒有難以兩全的顧慮下，竟不知節度，也就不無可議了。

孟子提到管仲，除了在〈告子下〉闡述「生於憂患死於安樂」之義，提出「管夷吾舉於士」為例證之外，都是以他和自己相提並論的。為烘托自己，對管仲不免有所貶抑，當然更因他貶抑霸業，所以鄙陋管仲，也勢所必然。

公孫丑問曰：「夫子當路於齊，管仲、晏子之功，可復許乎？」孟子曰：「子誠齊人也，知管仲、晏子而已矣！或問乎曾西曰：『吾子與子路孰賢？』曾西蹵然曰：『吾先子之所畏也。』曰：『然則吾子與管仲孰賢？』曾西艴然不悅曰：『爾何曾比予於管仲！管仲得君如彼其專也，行乎國政如彼其久也，功烈如彼其卑也！爾何曾比予於是！』」曰：「管仲，曾西之所不為也，而子為我願之乎？」曰：「管仲以其君霸，晏子以其君顯，管仲、晏子，猶不足為與？」曰：「以齊王，由反手也。」

此外，在孟子不肯應齊宣王之召，說到不可召之臣，也提到管仲，說「桓公之於管仲，學焉而後臣之」。⓬末了，又說：「桓公之於管仲，則不召，管仲且猶不可召，而況不為管仲者乎？」仍不忘說自己是在管仲之上。

由於管仲、晏嬰同是齊國名相，所以常相提並論。

晏嬰，字平仲，⓭齊夷維人，繼父為齊卿，後為齊景公相。以節儉力行，名顯諸侯。《史記》將他與管仲合列一傳。《論語》提到他一次，《孟子》則有兩處。孔子說：「晏平仲善與

⓬ 見《孟子．公孫丑上》第一章。

⓭ 一說謚平仲，又說平為謚，仲為字。

人交，久而敬之。」⓮是從人品去品評，不涉其事功。孟子所提都是就事功來說的。孟子諫齊宣王「要與天下同憂樂」時，以晏嬰的故事來說明。晏子諫齊景公：「先王無流連之樂，荒亡之行，惟君所行也。」於是景公「大戒於國，出舍於郊，於是始興發，補不足。」⓯這段故事的引述，是對晏嬰言行的肯定。當然那時孟子之所以提晏嬰，也是因為齊人原本推崇晏子，要諫齊宣王自然是以晏子之說易入其耳。另一處引到晏嬰，則在前所述與管仲並列，認為「晏子以其君顯」，易如反掌，沒有什麼了不起。

大體說來，孟子在齊，為一展長才，實現理想，所以應用了一些自我推銷術，齊人期許他能成為管晏，但孟子以為其道不同，乃不免鄙夷管晏。不過對於管晏二人，除了以為「得其君如彼其專」，「行乎國政如彼其久」，而「功烈如彼其卑」之外，並沒有具體的非議。

⓮ 見《論語・公冶長》第十七章。

⓯ 見《孟子・梁惠王下》第四章。

肆 孔孟對子產的批評

子產，名僑，又字子美，鄭穆公之孫，子國之子，是鄭國賢相。公子之子稱公孫，所以稱公孫僑；以父字為氏，所以也稱國僑；因居東里，又稱東里子產。《論語》凡三見，《孟子》二見，皆稱子產或東里子產。子產在鄭簡公、定公時執政二十二年，⑯當時晉楚爭霸，鄭國弱小，處於兩強之間，子產周旋其間，不卑不亢，使國家得到尊重與安全，的確是一位傑出的政治家與外交家。

孔子對子產十分稱許，《論語・公冶長》：

子謂子產「有君子之道四焉，其行己也恭，其事上也敬，其養民也惠，其使民也義。」

用四個排比句，說明四項君子之道，首句論持己立身，其餘論待人處世。論其待人處世，首

⑯ 此依《左傳》，與《史記》所載有異。依《史記・鄭世家》及《史記・十二諸侯年表》，子產則於鄭簡公十二年(554B.C.)為卿，卒於鄭聲公五年(496B.C.)，執政達五十八年之久。

言對上，後兩句說待下，待下兩句，一說「施」一說「取」。立身能恭謹，對上能負責認真，對下能施其恩澤，用民力能合乎法度。在「恭、敬、惠、義」之中，孔子似乎特別推許子產的「惠」，所以有人問子產的時候，孔子就說他「惠人也」。⓱《左傳・襄公三十一年》記載子產不毀鄉校，引孔子的贊美：「以是觀之，人謂子產不仁，吾不信也。」

子產被人批評不仁，或許因他為政有剛猛的一面所致。《左傳・昭公二十年》記載子產臨死，告訴子大叔說：「唯有德者能以寬服民，其次莫如猛。夫火烈，民望而畏之，故鮮死焉；水懦弱，民狎而翫之，則多死焉，故寬難。」孔子贊美他的主張，說：「善哉！政寬則民慢，慢則糾之以猛，猛則民殘，殘則施之以寬，寬以濟猛，猛以濟寬，政是以和。《詩》曰：『民亦勞止，汔可小康，惠此中國，以綏四方』，施之以寬也。『毋從詭隨，以謹無良，式遏寇虐，慘不畏明』，糾之以猛也。『柔遠能邇，以定我王』，平之以和也。又曰：『不競不絿，不剛不柔，布政優優，百祿是』，和之至也。」子產死，孔子還為之出涕曰：「古之遺愛也。」⓲

子產之「惠」，孟子卻有不同的評價，《孟子・離婁下》：

⓱ 見《論語・憲問》第九章。

⓲ 《史記・鄭世家》也有類似的記載：「孔子嘗過鄭，與子產如兄弟云，及聞子產死，孔子為之泣曰：『古之遺愛也。』」

子產聽鄭國之政，以其乘輿濟人於溱、洧。孟子曰：「惠而不知為政。歲十一月徒杠成，十二月輿梁成，民未病涉也。君子平其政，行辟人可也。焉得人人而濟之？故為政者，每人而悅之，日亦不足矣。」

孟子比較從公眾事務整體規劃著眼，認為枝枝節節施惠於民，是不經濟的。這的確是比較進步的觀點，當然也是因時代不同，所以觀點有異。春秋時代，侯國林立，在宗法封建體制下，貴族世襲采地，講求貴族統治階層與庶民利益的調和。上位者要流惠下民，加強感情的維繫；也要節用民力，尋求權利與義務的平衡，促進社會關係和諧。到了戰國時代，新軍國興起，氏族特權階級分割性的封建已經沒落，⑲漸為官僚統治的政府所取代，⑳謀求富國強兵，自然需要做整體的規劃，應是必然的發展。其實，如果《禮記‧仲尼燕居》所述，完全可信的話，

⑲ 李澤厚《中國古代思想史論》：「氏族制度在戰國時期已徹底破壞。」，頁四一。

⑳ 說見錢穆《國史大綱》（國立編譯館，民國四十九年一月）上冊，頁五四。亦即薩孟武《中國社會政治史》（三民書局，民國六十四年七月）所謂：「封土受民的采邑之制，到了戰國，變為分戶受租的封君之制。」（第一冊，頁四三）有關春秋時代社會性質的論述甚多，眾說紛紜，或謂農奴之制，因與本文所提重點無關，在此不擬論涉。

孔子對子產也有微詞，謂其「猶眾人之慈母也，能養之，不能教」，也是就其前瞻性做了批評。

子產受孔子贊美的，除了上述各項之外，還有他在辭令方面的表現。《左傳・襄公二十五年》記載鄭國未得霸主晉國的允許，揮師入陳而捷，子產奉命赴晉，獻入陳之功。晉國存心刁難，問陳國之罪，問鄭何故侵小？問子產何故戎服入晉？都被子產一一化解，於是寫道：

> 仲尼曰：「志有之：『言以足志，文以足言。』不言，誰知其志？言之無文，行而不遠。晉為伯，鄭入陳，非文辭不為功。慎辭哉！」

在《論語・憲問》也記載了孔子贊許子產辭令的話：「為命，裨諶草創之，世叔討論之，行人子羽修飾之，東里子產潤色之。」擅長辭令是春秋時代充當外交使者的必要條件，孔門不由得不重視，其四科即有言語一科。㉑子產不卑不亢的言語應對，自為孔子所讚賞。

《孟子》提到子產，除了批評他「惠而不知為政」之外，在討論舜時，舉子產被欺為例，說明君子可以欺之以方。㉒可見孟子肯定子產是個君子，這一點和孔子是完全相同的。

㉑ 四科指德行、言語、政事、文學。見《論語・先進》第二章。

㉒ 見《孟子・萬章上》第二章。

伍　孔孟品評春秋政治人物的現代意義

由以上的分析，似乎可顯示下列的現代意義：

一、品評政治人物的功業高下，重仁政王道的落實，輕霸業手段的完成

常言道：「成者為王，敗者為寇。」這是資訊壟斷的時代，所可能產生的。在民智大開，資訊流通的現代，事實難以再扭曲，真相難以再蒙蔽。或許有人以為：湯武革命成功，於是成為聖賢，桀紂都成暴君。其歷史真相如何，自有史學家去探究。然而值得注意的是：聖賢之所以稱為聖賢，被傳揚的，絕不是統一局面的完成，而是仁政王道的落實，對天下蒼生的造福。在《論語》、《孟子》，這種評論隨處可見。其後，秦始皇雖統一天下，仍被稱為暴君，後來的開國之君，在傳統觀念中也沒有給予崇高的地位。管仲助齊桓公，被孔子贊揚的，不是「九合諸侯，一匡天下」的成就，而在於他們能「不以兵車」，並免除百姓淪為夷狄的災厄。孟子更批評他們「以力假仁」，標榜「以德行仁者王」，強調「以力服人者，非心服也，力不

贍也；以德服人者，中心悅而誠服也。」[23]而不屑與管仲相比，這與當時的現實或有所脫節，但其批評尺度則深植人心。

至於晏嬰，被孔子稱許的，是他待人之道的修齊工夫；而孟子所強調的，正是《史記・管晏列傳》所說：犯君之顏，進思盡忠，退思補過的部分；而不是他「三世顯名於諸侯」。這些評價的尺度，對中國人的影響深遠，民主時代的政治人物，想未來被中國歷史所肯定，便不能不知其輕重。為中國人所追念的，不是驍勇的常勝將軍，而常是失敗的悲劇英雄；不是雄才大略完成一統的元首，而是拯救生靈造福百姓的救星。這尺度根源於孔孟，深植於人心，成為文化深層結構的一部分，現代中國的政治人物不可不知。

二、政治人物可從器識與為人品其高下，也以其行為是否磊落、作風是否正派為主要的尺度

政治人物的政治行為，是其政治理念的外在表現，而其政治理念層次的高下，則因其器識而定；器識可學以致之，可經誠意正心修為而得。所以孔子周遊列國，孟子見齊宣王、梁惠王，都在傳揚這修己安人之道，莫不以恢宏王侯之器識胸襟，提升其政治理想為首務，以

[23] 見《孟子・公孫丑下》第三章。

期內聖外王。孔子贊美子產「恭、敬、惠、義」，便是從修己安人著眼；贊美管仲「一匡天下，不以兵車」，「豈若匹夫匹婦之為諒」，以及批評他「器小」，也是從他器識與修己安人方面所下的論斷。孟子批評管仲「得君如彼其專」，「行乎國政如彼其久」，卻只成霸業，而不能行王道，似乎可做為孔子所謂「器小」的註腳。另外，孔子品評晏嬰從他「與人交」著眼，批評「晉文公譎而不正，齊桓公正而不譎」，則強調其存心所表露於外的行為是否磊落、作風是否正派。

恢宏的器識、修己安人的學養、磊落的風範，似乎從孔孟以來，一直都是中國人品評政治人物的主要指標，自是當今中國政治人物塑造形象時所該注意的項目。

三、品評政治人物不應過於苛責求全，而應注意其能否權衡利弊得失，把握原則與目標

太苛是一般評人的通病，尤其對公眾人物，萬眾矚目，總不免被吹毛求疵。孔子認為管仲「器小」、「不知禮」，這是責賢，所以當子路說管仲「未仁」，子貢說他「非仁者」時，孔子就趕忙替他說話，還稱許他「如其仁」。有大目標在前，豈能為小信小節壞了大事？（不過

這一點很容易令人誤會，若以子夏所謂「大德不踰閑，小德出入可也」㉔做為不檢點的口實。這就錯了，是在維護「大德」的前提下，才出入「小德」，而不是不以「小德」為意。要不然，積小惡為大惡，何以守「大德」？）尤其政治事務，常受到客觀環境的制約，一個即使有理想又有權力的政治家，有時也未必處處能放手施為。遭遇挫折與難題，自該通權達變。只要把握目標與原則，何妨略過妨害目標的細節？一時不能直取，何妨稍後或迂迴以達？《史記・管晏列傳》就是贊美管仲「貴輕重，慎權衡」。子產執政，鄭國六卿侈強，從《左傳》記載即可知他處理政事時，是如何的通權達變。㉕孔子稱許他「惠人」，但他卻仍遭致「不仁」的批評，足見其菩薩心腸，也用若干霹靂手段。孔子肯定他不是不仁，甚至說他「古之遺愛」，便是強調其居心與目標而略其細節。這種即使有瑕也不掩其瑜的批評態度，正顯示了仁者的批評風範。

孔子是聖之時者，最能因時因地因事制宜，守其所當守，變其所當變，大原則要堅持，枝節不妨權變，這正是圓融的為政藝術。批評者批評政治人物，應體此原則，不該過於苛責求全，要求所有細節的完美，或就其中的一段過程力加非議。因為一個政治人物有權衡利弊

㉔ 見《論語・子張》第十一章。

㉕ 如從《左傳》昭公元年至二年，見他處理公孫楚和公孫黑的衝突事件，便是顯明的例子。

得失，知其取捨，守經而達變的政治智慧，才能為自己的政治前途開拓廣大的活動空間，也才能逐步完成其政治理想。這該是政治人物與批評者應有的共識。

四、政治人物不應汲汲於塑造示惠的形象，而應注重群體目標的實現

能否造福人民是孔孟品評政治人物最主要的標準，流惠下民也就成為歷來讀書人進入仕途後，所努力以赴的。但主持大計的人，所謀求的是最多數人的最大利益，所設想的是所有問題的全面解決，而不是積極尋找亟待救助的個案，予以特惠濟助。外國政治人物，喜歡在眾人面前親近小孩，以塑造其具有愛心的形象。這本無可厚非，但近代中國的政治人物，似乎更熱衷於探查民隱，尋找可以示惠的對象。充當批評者的大眾傳播媒體，也對此大肆宣揚，以為非如此不足以顯示其勤政愛民。當然，主政者要探查民瘼，了解民情，以檢討其政策的闕失，但如果斤斤於特殊個案的發掘，個別示惠，那便是孟子批評子產所說的「惠而不知為政」，終將「日亦不足矣」。汲汲於一人一事的片面解決，以塑造其惠者的形象，忽略政策的釐定與推展，見樹不見林，見小而遺大，怎可能成為卓越的政治人物？而且必須救助的個案太多，正顯示其規劃有問題，對政績的宣揚應有其負面的影響，怎可以樂此不疲呢？

五、政治人物不應有施恩予惠的心態，而應以造福百姓為當然的責任

如前所述，為民謀福祉既然是孔孟以來為政者的信念，流惠下民更是歷來對當權者一貫的期許。但從孔孟的主張看來，這些信念與做法，是出自「人溺己溺、人飢己飢」的仁者胸懷，與義不容辭的使命感。所以孔子贊美「巍巍乎！舜、禹之有天下也，而不與焉」，㉖因為在他們心目中，居位者有謀公眾之福的責任，沒有營一己之私的權利，自然顯出「不與」的氣度。正如黃宗羲《原君》所說，古之聖賢，以為主政者「不以一己之利為利，而使天下受其利；不以一己之害為害，而使天下釋其害。」只認定有為公眾「受利釋害」的義務，絕不能有「天下利害之權，皆出於我」的想法。

有了「使公眾受利釋害」的使命感，於是有了「捨己從公」的高尚情操。現代政治人物如果有此情操，他便能為全民福祉做最好的決策，不受制於利益團體，公眾事務便不會成為主事者謀私利的工具，或暗盤交易的籌碼。沒有「天下利害之權皆出於我」的想法，才有「不與」的氣度和「天下為公」的胸襟，就不會有「分我一杯羹者即應感激我的施予」那種格局。這在專制時代是高貴的道德情操，在民主時代已是「權力源自於民」的知識認定。有了這些

㉖ 見《論語・泰伯》第八章。

體認，孔孟民本思想才算真正的落實，而當代民主政治所謂「利益團體的較勁」，才有公平的規則與裁判；「資源與權益的分配」，才能得到合理的照顧與保障；社會亂象才得以消除，社會福利才得以增進。這樣的政治人物，自是億萬民眾所期待與擁戴的！孟子「保民而王」的思想，看來還是萬古而常新！

蘭竹書評

十里洋場的線與面

——評吳圳義的《清末上海租界社會》

道光二十二年(一八四二),因為鴉片戰爭的失敗,訂立了南京條約,清廷應允五口通商,於是上海逐漸以工商業的繁榮,聞名於遠東,遂有「冒險家樂園」之稱。上海是在條約訂立的第二年,劃定了英國租借地。美國的租界,於道光二十八年就已存在,不過到了同治二年(一八六二),才經官方正式劃定,不久即與英租界合併,所謂「公共租界」於是誕生。而法國租界也早在道光二十九年就正式成立了。因此清末的上海,是包括上海縣城、公共租界和法租界三部分。這些由洋人控制的租界,存在了一世紀之久,它的社會最為複雜,也被視為罪惡的淵藪。

租界的成立,本來是為了安置洋人,但曾因太平天國的崛起,難民大量湧入,使租界內的華人社會，因而產生。甲午戰爭之後，日本人大量移民，租界的洋人社會結構，也產生了重大的轉變。更因馬關條約，使洋人在上海有建立工廠的權利，上海租界的經濟和社會結構，也發生重大的改變，工廠的成立，引進大量的勞工，華籍人口差不多有外籍人口的五十倍，工人階層增加了比重，也增加更多的社會問題。

如今，上海租界雖然已經成為歷史的陳跡，但這個在中國近代史上十分特殊的個案，就今天工商繁榮，經濟發展，以及人口向都市集中，社會問題產生的情形下，仍然不失為一面鏡子。近幾十年來，雖然也有不少探討上海租界的專文，但大多偏重於法律、政治和經濟方面的專題，直到最近，吳圳義博士的《清末上海租界社會》一書問世，才使我們對這十里洋場的線與面，得到更深一層的了解，得到比較整體的認識。

我們都知道，清宮的滿文檔案，是研究中國近代史最珍貴的史料，因此，我們要了解英法在上海租界的實況，他們官方檔案自是不可或缺的材料。吳博士負笈巴黎，得以遍覽法國外交部有關上海租界的檔案和出版品；又參酌《北華捷報》(*North-China Herald*)和《中法新彙報》(*L'Echo de Chine*)等租界地的半官方報紙，都是國內難以獲得的第一手資料；再參考中外各種彙編、遊記和論著，共參引中文書刊論文六十種，洋文書刊論著一百二十種。運用其資料，分析現象，探究原因，不但掌握了問題的核心，做到「點」的深入；同時也注意來龍去脈，尋繹「線」的發展；進而從不同的線索，去探討幾個不同的社會「面」，使讀者能夠了解清末上海租界社會的整「體」架構和發展。這種方法和成果，在我國學術界研究此類問題，不但是後出轉精，還可算是異軍突起的傑出之作。

《清末上海租界社會》分四章，首先以人口、政治、司法和經濟等方面，來探討清末上海租界的社會。在人口方面，從華人和洋人的人數、職業、性別和年齡來了解它的內涵和演變的情形；在政治方面，從兩個租界的行政機構（公共租界的工部局和法租界的公董局），和立法機構（納稅外人會）的組成分子，了解政治中心之所在；在司法方面，從華人和洋人在租界所享的權利和所遭到的限制，去了解他們在租界的司法地位；在經濟方面，從企業活動去了解他們所扮演的角色和所居處的地位。接著，分別分析洋人和華人的社會結構，以及社會生活以立專章。洋人的社會結構，就其組成的分子：外交關務人員、傳教士、商人，各立專節，分析社會關係、社會地位及其社會生活；租借地華人的社會結構，也就華商、買辦、工人三個階層分別探討，並探究其社會現象與社會問題的根源。在這裡我們可以看到洋人成為特權階級的嘴臉；英人以人口和經濟上的優勢，在公共租界成為特權的核心；法人在法租界依法國政府所頒的公董局章程，執掌權柄；領事的擅權，造成社會的不平與混亂。而與洋人相比，華人是最不幸的一群，政治上受限制，經濟上被剝削，他們還要受到本國和外國官吏雙重的課稅和干涉。上海租界地，是我們中國人的土地，就人口而言，也是中國人的城市；但就行政、立法、司法和經濟來說，那是外國人的世界。中國人在租界社會的地位，就如生活在外國人的殖民地。讀了這本書也就讓我們體驗到， 國父為什麼說清末我們是處於次殖民地的地位了。

本書以淺暢的白話，作生動的敘述，深入的分析。正文的部分約九萬字，註明出處的註釋達四百九十六條，可見敘述翔實可信，真是事事有根據，句句有來歷，而且分析鞭辟入裡，是一本嚴謹的學術論著。不過它沒有一般學術論文板重枯淡之弊，不掉書袋，不堆積資料，有如行雲流水，酣暢淋漓。筆尖帶著感情，言其淒慘處，令人掬同情之淚；其不平處，令人義憤填膺，這些都可看出作者的功力。而比較遺憾的，是說明若干現象常用抽樣的敘述，未能分年分類提出精確的統計數字，這是由於資料欠缺，難以責求的。

本書的完成，得到六十四年度國家科學委員會的研究獎助；如今，由文史哲出版社印行。正當我們在此時此地，經濟高度發展，工商競爭劇烈，社會問題萌生的情況下，這本書勾勒出歷史的鑑戒，可做為我們經濟建設的參考；而我們華僑遍布全球，雖然沒有取得租借的地位，我們也唾棄租界的那種經濟侵略，但華僑在當地外僑中，應如何取得競爭的優勢，保持優勢的地位，也未嘗不可從本書得到一些借鏡。而且當有人批評我們的經濟仍是買辦經濟的時候，買辦經濟的真相，自然是我們所關切的，我們的經濟情況是買辦經濟的型態嗎？讀完本書，自然可以作明確的判斷。所以本書也是關心我們前途的人，所應該一讀的好書。

心靈真實的記錄

——談林俊穎的小說《大暑》

林俊穎，臺灣彰化人，一九六〇年生，政大中文系畢業，現於美國紐約 Queene College 攻讀大眾傳播碩士。曾獲第一屆《中央日報》小說獎第二名，《大暑》是第一部結集的短篇小說。

《大暑》是林俊穎的第一本小說集，或許是因為讀了中文系，使他沉潛持重，以致他到了三十歲，才出版第一本小說集，要不然以他寫作起步那麼早，又有豐厚的創作潛力，他應該可以出版好幾本小說集了。萬事起頭難，如今他已調整了步伐，開始出擊，相信在不久的未來，一定可以看到他頻頻安打，屢創佳績。

深刻的生活體驗

只要閱讀林俊穎的小說，一定可以感受到他生活體驗的深刻。他的小說，沒有出人意表的曲折情節，沒有不食人間煙火的女主角。他寫男女愛情，或苦澀的初戀，或不知不覺由淺而深的戀情，或夫妻之愛，都完全脫離羅密歐與茱麗葉的窠臼。主角都不是出身於富貴之門，他們沒有兩代的恩怨糾葛，沒有愛得死去活來的激烈衝突，也都不可能沒有生活壓力地去追尋夢幻式的愛情。在他筆下呈現的，常是面對社會變遷調適不良、在現實生活中載浮載沉的痛苦靈魂，對大環境充滿了無奈。但他絕不曾刻意扭曲，或尋求黑暗面的特例。那些痛苦的壓力，並不是出自公權力的使用不當，所以他的社會小說，並沒有泛政治化訴求的傾向。

林俊穎對生活體驗的深刻，可從他小說背景的呈現見其端倪。他細膩的描述所凸出的背景，令讀者覺得不但在讀，而且身歷其境，進入人物的世界，體會角色在裡頭那種難以言喻的氣氛，尤其物質背景和社會背景的描寫，他充分利用了感官印象，把握最具有象徵意義與特殊偶發性的細節加以表現。所以他雖然選擇了普通而又為人所熟悉的背景、人物和素材。但仍有特殊而新奇的效果。這非作者生活閱歷與深刻的體驗不能竟其功。他如果沒有從事廣告文案的工作，就很難寫出〈大城〉那樣的背景，這些背景呈現的成功，為小說塑造了適當的氣氛，也發展了小說人物的性格。讀林俊穎的小說，不要忽略他這方面的表現，因為這是他小說的特色之一。

扣住時空的社會脈動

如果你以衝突、危機、解決，或開頭、發展、糾葛、頓挫、轉機、焦點、急降、結局等階段的進程，去衡量《大暑》這本小說集各篇小說的情節進展，就可能會有些失望。因為它很少有激烈的衝突與矛盾，也少有嚴重的危機，最後也常不是以圓滿的解決做為結局，並不是說在他的小說中，沒有衝突、沒有矛盾、沒有危機、沒有化解，只是他通常不照童話故事的模式，而是從近二三十年的社會去做局部的抽樣，扣住那時空的社會脈動，呈現某一層面人物的內心成長歷程。

〈大城〉描寫幾個年輕人，以財經雜誌上那些現代英雄為典範，穿梭於水泥叢林，投身於龐雜的機器之中，跟顧客哈腰，為公司的前輩跑腿打雜，終於感覺到原來期望的飛黃騰達，卻除了一片灰青淡漠的天，只有更大的空虛、更大的挫敗。原本比較值得珍惜的一份感情，在失去後，才感覺到被一個人至死深深愛過而又失去的椎心之痛，作者透過主人翁對周遭的體察，營造了氣氛，強化了主題，是可圈可點的。

〈南風歌〉和〈朗月〉是作者十一年前的作品。〈南風歌〉寫一個沒考上大學的高中畢業生，負氣離家出走，到飯店櫃檯打工儲存補習費，其狼狽處，寫景寓情，頗能情景交融，更把一個涉世不深、半大不小的孩子，那嫩稚的骨氣，和根植於天性中難以割除的親情，寫得絲絲入扣。〈朗月〉寫家道中衰，為人子女者的無奈。在變遷的社會中，像這種家庭不知凡幾。家家有本難唸的經，作者透過少女的一天，把這家難唸的經，與來龍去脈，極技巧地表現出來，是很成功的一篇社會小說。不過他並沒有控訴這社會，歸咎這社會。

〈桃花渡〉寫高中生青澀的戀情；〈于飛〉寫一對大學生不經婚姻程序的婚姻生活。〈探花消息〉則是一對大學生沒有結果的一段情，男的患尿毒症死了，女的「回首向來蕭瑟處」，「也無風雨也無晴」，這是現代兒女處理感情的另一種模式。〈舊痕〉寫一對同母異父的兄弟，愛同一個女孩的故事，不是為了報復，更無心去傷害對方，只是一個難解的三角習題。

與〈大城〉風格最相近的，該是〈大暑〉和〈續前緣〉。這兩篇可以各自獨立成篇，但也是同一故事不同時空的連續。同樣的人物，一篇寫十幾二十年前的臺北，一篇寫現在的紐約。王大欣和辜世雄是結拜兄弟，但他們的妻子卻是相反的典型。〈大暑〉中透過澄惠眼光，寫十幾二十年前臺北的一角，喧嚷、傖俗、擁擠而齷齪。其實這些景象仍然存在於現在的臺北，或部分退到板橋、新莊、永和或三重而已。澄惠因丈夫事業失敗，避債到臺北，丈夫辜世雄充當船員，而非法滯留美國。〈大暑〉即透過澄惠寫出臺北下層社會，近乎貧民窟的生活景象。〈續前緣〉則寫澄惠的兒子安平，大學畢業後去紐約探望已在紐約再婚生子的世雄。雖不免有怨，但沒有恨，而只是同情與包容，世雄在紐約雖然生活不錯，但美國大環境使他孤單卑微，連要給兒子兩隻金戒指和一條金鎖片，都還怕老婆知道。其他能給安平的，就是在臺灣應該歸他一份的祖產，而那是澄惠不屑一顧的，澄惠雖苦過，卻活得很有尊嚴，與世雄成強烈的對比。

熟練的寫作技巧

插敘的活用，是林俊穎小說的另一特色。〈大暑〉九篇小說，幾乎篇篇都巧妙地運用插敘，使時空交錯。或用以交代情節，或做為今昔之比，敘事的觀點也採用複式的單一觀點，像〈大暑〉就用了兩個第三人稱單一觀點調配敘述，得單一觀點的深入，又收全知觀點的寬廣無礙。凡此，都可見到他技巧的熟練。

由於單一觀點的深入剖析，觀照主人翁的物質背景，又時時透露心靈的自白，對氣氛的營造、性格的展現固然很有幫助，但有些地方不免有蕪蔓之感，有如絹帛表面，時露不必要的絲縷端緒，其間或可芟除，以見其平整。當然，呈現太多旁出的思緒，或許正是心靈最真實的記錄，正是最率真的表現。但這恐怕是見仁見智，難有定評的。小說創作是十分艱辛的，路途卻是寬廣的，藝術成就更是沒有止境的。林俊穎在學業完成之後，從事大眾傳播工作，接觸社會將更深入，我們期待他有更多更有深度的作品。以他的學養、以他的潛力，相信他是不會讓人失望的。

掙脫緊箍的行者

——談楊義兩部有關小說與文化的力作

一九九四年業強出版社出版了楊義先生兩部有關小說與文化的力作，一本是《二十世紀中國小說與文化》，一本是《中國歷朝小說與文化》。前者是作者一九八六年在福州為全國大學青年教師和研究生的講習班做專題系列演講的講稿，後者是作者轉換研究領域的新嘗試。這兩本力作，不但可以看出這位中國大陸「國家級有突出成就專家」治小說的成績，也可以看出這位被夏志清教授譽為中國新一代治小說史、治文學史之第一人的楊先生，如何因時蛻變，以展現他掙脫一元化教條緊箍的成果。

楊先生有感於討論現代文學，「限於政治的簡單模式，總結上失偏，作家都要為政治服務，不為政治服務，就不是好作家，我們的文學史很長時間就是這麼寫的。」（《二十世紀中國小說與文化》，頁一九）而且，「只翻來覆去地講文學反映了生活，而不去深入地探究文學是如何通過作家的創造性心靈去折射生活，還是相當粗糙的。」（頁二）於是在研究上他「主張多元化，主張多種角度的互相補充」（頁七），並認為「從文化的角度看文學，可以擴展對文學功能的理解」（頁一三）。

由於以上的體認，《二十世紀中國小說與文化》便從文化意識、文化取向、文化類型、文化品格等文化學的角度，觀照這階段的小說。也正如作者所說，中國在百日維新與辛亥革命以後，「思想敏銳的人便開始進行文化反省，這就帶動了我們的文學意識和小說意識的變化，所以梁啟超搞的那一場小說界革命，跟陳獨秀、胡適、魯迅等人在『五四』前後搞的小說界革命，是有可以比較的歷史和文化的機緣的。」（頁二八）因此，從文化反省的角度，來觀照這一階段小說發展的歷史，應該是一個很不錯的研究角度。

由於文化的內涵十分豐富，在楊先生掙脫一元化教條緊箍的自覺下，「進行一些靈感性的理論上的超越」（頁二四），其多采多姿自當可以預期。它不僅為大陸研究現代小說的學者，開出一條路，也為大陸以外地區研究中國現代小說的學者，打開一片窗。

當然，脫去緊箍的孫行者，一時之間，言行仍不免受到緊箍咒的制約。所以楊先生雖信誓旦旦「讓文學回到它的本位」，卻還聲稱要「在辯證唯物論和歷史唯物論指導下」（頁二四）

如何如何，並從他對巴金、茅盾、魯迅的評述中，看出掙脫教條緊箍後，仍受制於緊箍咒的評斷軌轍。

此外，作者在本書各章的標題中，分別使用文化意識、文化深度、文化內涵、文化取向、文化類型、文化情致、文化素質、文化歸屬、文化品格、文化心理等不同的術語。到底其意涵有何差異？何以在討論不同的作家與作品時，就必須運用不同的切入角度？這是不是有整體規劃？都未加以說明，實在是一件美中不足的事。

至於號稱姊妹篇的《中國歷朝小說與文化》，各章標題就不再去扣「文化」的帽子。它跟前書一樣，是一些點的創發，還有一些線的觀察，而不是全史的架構。它是作者「把主要精力轉而研治古典文學」（《中國歷朝小說與文化》，頁三）的成果。

楊先生認為「現代文學研究者不妨在學有餘力之時，一探西洋文學和古典文學。它對現代文學所獲得的觀念和知識，會發生新的學術效應，而且不是數學級數的補充效應，而是某種意義上的幾何級數的昇華效應。」（頁四）更何況「中國文學源遠流長、形態萬端，許多領域是尚未充分發掘和進行深度現代化轉化的原礦。」（頁六）於是力圖把握「最原始的材料，以及盡可能開闊的現代意識」，而以「悟」為「溝通這兩頭的心理橋梁。」（頁五）這本著作便展現他這方面的成績。

雖然對楊先生的措詞，我尚有若干的保留，但他的觀念和作法，則深契我心。學術研究的基礎要深厚寬廣，才可能有崇高的成就；擴大研究領域，不但可以相互啟迪、發明，並可產生相輔相成的效果。掌握的材料多，視野的廣度大，才能發揮楊先生所謂的悟性，見人之所未見，發人之所未發。《中國歷朝小說與文化》之可觀，應在於此，《中國歷朝小說與文化》之可貴，亦在於此。

當然，二十世紀的中國小說，是楊先生的老本行，資料之掌握，背景之了解，已可兼具楊先生所謂「功力派」和「靈感派」的優點。中國歷朝小說，則是楊先生的新領域，於是也正如他所說「側重於靈感，寫得很有才氣，但講起材料來，功力派可以挑出他的毛病。」（《二十世紀中國小說與文化》，頁二三）材料的探究，日起有功，需要時間與功力。同時，對他人已有的研究成果，更需要充分掌握與應用，才能在堅厚的基礎上，興建其巍峨的殿堂。楊先生在礦苗的開發上，確已有所貢獻，但對原礦的整體開採，則有待於來茲。這一點正是他在該書的序言中，所再三致意的。

此外，有關臺灣地區的小說，臺灣光復後的部分，兩部書都付諸闕如，這應是作者多聞闕疑的態度所以致之，不但可以理解，而其嚴謹的態度，也令人佩服。

基於以上的了解，楊先生這兩本別開生面的力作，都是值得一讀的，它像一具特定焦距的望眼鏡，讓你看到原所未見的景象，你還可能藉此而有新的發現，產生新的靈感，找到新的著力點，而開拓出另一片新天地。

一面具有透析功能的鏡子

——評刁晏斌的《新時期大陸漢語的發展與變革》

語言是約定俗成而又變動不居的，隨時循著它的內在規律逐漸豐富它的內容，也隨著外在環境的變革而改變它的風貌，所以語言現象是有階段性的。但由於語言現象相當複雜，語料的全面搜集更屬不易，所以階段性的語言現象，片面舉例批判者多，全面研究分析者寡。刁晏斌先生以他扎實的學術根基，在語料搜尋方面下了相當的工夫，並做細密的條理分析，完成《新時期大陸漢語的發展與變革》，是十分難能可貴的。

刁先生所謂的新時期，是指大陸自一九七八年改革迄今，漢語受到外來語衝擊產生新變的時期，涵蓋兩岸交流的新階段，所以對生活在臺灣的同胞來說，這階段的大陸漢語是我們所比較迫切需要知道的。再者，這階段兩岸發展方向漸趨一致，於是兩岸漢語的發展與變革，有些是在同步進行的，所以刁先生所分析的新時期大陸漢語現象，有些也正反映臺灣的語言現象。因此，對臺灣同胞來說，刁先生的著作，不只是一具透析新時期大陸漢語現象的顯微鏡，可供我們觀察；也是反映自我語言變異的一面鏡子，可供我們反省，產生「汝雖打草，吾已蛇驚」的效應。

一般來說，語言變化的研究，至少要包括語音系統、語法結構和語彙等幾方面，刁先生在語彙學和語法學方面有相當的素養，《新時期大陸漢語的發展與變革》一書，也就在這兩方面綱舉目張做了細密的分析，其間條理清晰，敘述簡要，舉證明確並確指出處；在語法方面更能以簡馭繁，加以系統化。它符合學術著作的規範，而沒有賣弄學術術語，所以它是一本大眾化的學術著作。美中不足的是：語音變化的部分，付諸闕如，正如刁先生自己所說：「不能不說是一種遺憾，一個缺欠。」刁先生在前言中已說明他所面臨的困難和放棄的原因，這一點我們是應該可以理解和諒解的。

其實任何一部學術著作，都有它客觀條件的限制和難以突破的瓶頸，如果我們採取更嚴苛的態度再加以檢驗，本書除不夠全面之外，也還是有一些可以商榷的地方。

刁先生所謂現代漢語，是以「五四」為分野，再以中共建國、文革、改革開放為區隔點，分為四個發展階段。他按四個時期分別考察了一千多萬字的語料，因為新時期這階段所得的用例最多，也最值得研究，所以先動手研究此期，完成後再逐一對其他幾個階段進行研究。

在這裡不免令人疑惑，語言變化的現象是持續的、漸進的，在前三期尚未整理就緒、完成研究之前，我們怎能知道：在第四階段所發現的任何現象，是不是在前一期即已存在？提供做為比較的基準點在哪裡？這是不能不加以考慮，同時也有需要提出說明的。

再者，本書搜集的語料，包括新時期的文學作品，材料的蒐集原本就需要鉅細靡遺，但我們知道：文學作家常是新語言的創造者，文學作品的新語言，雖可能為大眾所接受，但它和一般人使用的語言，自有一段的落差，尤其是語法的部分更是如此。因此如果全部以文學作品的句子為例，說明語言現象，是否相宜？書面語和口頭語如何區隔？都不無斟酌的餘地。

一般人使用的口語和報章的記敘，那才是生活的語言。譬如「搞」字，固然有從事、辦理之意，但它原本為販夫走卒所用，不能登大雅之堂；一般人稱「搞」，大體對其所從事，傾向負面的評價，或略帶有輕蔑、調侃的意味。但如今在大陸地區，已經「泛化」，最高領導人可以在文告中宣示「搞好經濟」，國家級的學者可以在介紹時，說他自己或問別人，是在「搞」哪一方面。這種不忌俗的「泛化」，應該是此岸人民最想了解的，可惜在本書中未被提出。這可能是刁先生「只緣身在此山中」所以致之。

以上所提的大多是一些枝節。就整體來說，刁先生對語言現象有相當的敏感度，處理資料也相當嚴謹，讓我們認識大陸近期語言變化的現象，的確是有所幫助。美中不足的是：刁先生過於謙虛，強調「只作客觀的描寫和具體的分析，盡可能不作主觀評價的寫法，意在盡量全面、客觀地揭示語言事實，描述新時期大陸漢語的概貌。至於某些形式、用法等的優劣對錯，規範與否，留待通人方家去評說。」如果我們體察法國政府與學者，對法文審慎的態度和把關的做法，刁先生的謙虛豈不是很容易被誤會為規避語文學家社會責任的遁辭？當然，這一點迷惑，是無損於它成為「一面具有透析功能的鏡子」。

滄海叢刊書目（一）

國學類

中國學術思想史論叢（一）～（八）	錢　穆　著
現代中國學術論衡	錢　穆　著
兩漢經學今古文平議	錢　穆　著
宋代理學三書隨劄	錢　穆　著
論戴震與章學誠 ——清代中期學術思想史研究	余英時　著
論語體認	姚式川　著
論語新注	陳冠學　著
西漢經學源流	王葆玹　著
文字聲韻論叢	陳新雄　著
入聲字箋論	陳慧劍　著
楚辭綜論	徐志嘯　著

哲學類

國父道德言論類輯	陳立夫　著
文化哲學講錄（一）～（六）	鄔昆如　著
哲學：理性與信仰	金春峰　著
哲學與思想	王曉波　著
哲學與思想 ——胡秋原選集第二卷	胡秋原　著
內心悅樂之源泉	吳經熊　著
知識・理性與生命	孫寶琛　著
語言哲學	劉福增　著
哲學演講錄	吳　怡　著
日本近代哲學思想史	江日新　譯
比較哲學與文化（一）、（二）	吳　森　著
從西方哲學到禪佛教 ——哲學與宗教一集	傅偉勳　著
批判的繼承與創造的發展 ——哲學與宗教二集	傅偉勳　著

「文化中國」與中國文化 ——哲學與宗教三集	傅偉勳 著
從創造的詮釋學到大乘佛學 ——哲學與宗教四集	傅偉勳 著
佛教思想的現代探索 ——哲學與宗教五集	傅偉勳 著
中國哲學與懷德海	東海大學哲學研究所主編
人生十論	錢 穆 著
湖上閒思錄	錢 穆 著
晚學盲言（上）、（下）	錢 穆 著
愛的哲學	蘇昌美 著
邁向未來的哲學思考	項退結 著
逍遙的莊子	吳 怡 著
莊子新注（內篇）	陳冠學 著
莊子的生命哲學	葉海煙 著
墨家的哲學方法	鍾友聯 著
韓非子通論	姚蒸民 著
韓非子析論	謝雲飛 著
韓非子的哲學	王邦雄 著
法家哲學	姚蒸民 著
中國法家哲學	王讚源 著
二程學管見	張永儁 著
王陽明 ——中國十六世紀的唯心主義哲學家	張君勱 著 江日新 譯
王船山人性史哲學之研究	林安梧 著
西洋百位哲學家	鄔昆如 著
西洋哲學十二講	鄔昆如 著
希臘哲學趣談	鄔昆如 著
中世哲學趣談	鄔昆如 著
近代哲學趣談	鄔昆如 著
現代哲學趣談	鄔昆如 著
思辯錄 ——思光近作集	勞思光 著
中國十九世紀思想史（上）、（下）	韋政通 著
存有・意識與實踐 ——熊十力體用哲學之詮釋與重建	林安梧 著

先秦諸子論叢	唐端正 著
先秦諸子論叢（續編）	唐端正 著
周易與儒道墨	張立文 著
孔學漫談	余家菊 著
中國近代新學的展開	張立文 著
從哲學的觀點看	關子尹 著
中國死亡智慧	鄭曉江 著
後設倫理學之基本問題	黃慧英 著
道德之關懷	黃慧英 著
異時空裡的知識追逐 ——科學史與科學哲學論文集	傅大為 著

宗教類

天人之際	李杏邨 著
佛學研究	周中一 著
佛學思想新論	楊惠南 著
現代佛學原理	鄭金德 著
絕對與圓融 ——佛教思想論集	霍韜晦 著
佛學研究指南	關世謙 譯
當代學人談佛教	楊惠南編著
從傳統到現代 ——佛教倫理與現代社會	傅偉勳主編
簡明佛學概論	于凌波 著
修多羅頌歌	陳慧劍譯註
禪　話	周中一 著
佛家哲理通析	陳沛然 著
唯識三論今詮	于凌波 著

應用科學類

壽而康講座	胡佩鏘 著

社會科學類

憲法論叢	鄭彥棻 著
憲法論集	林紀東 著
憲法論衡	荊知仁 著

國家論	薩孟武 譯
中國歷代政治得失	錢　穆 著
先秦政治思想史	梁啟超原著 賈馥茗標點
當代中國與民主	周陽山 著
我見我思	洪文湘 著
釣魚政治學	鄭赤琰 著
政治與文化	吳俊才 著
中華國協與俠客清流	陶百川 著
世界局勢與中國文化	錢　穆 著
海峽兩岸社會之比較	蔡文輝 著
印度文化十八篇	糜文開 著
美國社會與美國華僑	蔡文輝 著
日本社會的結構	福武直原 著 王世雄 譯
文化與教育	錢　穆 著
開放社會的教育	葉學志 著
從通識教育的觀點看 ——文明教育和人性教育的反思	何秀煌 著
大眾傳播的挑戰	石永貴 著
傳播研究補白	彭家發 著
「時代」的經驗	汪　琪、彭家發 著
新聞與我	楚崧秋 著
書法心理學	高尚仁 著
書法與認知	高尚仁、管慶慧 著
清代科舉	劉兆璸 著
排外與中國政治	廖光生 著
中國文化路向問題的新檢討	勞思光 著
擺盪在兩岸之間： 戰後日本對華政策（1945～1997）	何思慎 著
立足臺灣，關懷大陸	韋政通 著
開放的多元社會	楊國樞 著
現代與多元 ——跨學科的思考	周英雄主編
臺灣人口與社會發展	李文朗 著
財經文存	王作榮 著

財經時論	楊道淮	著
經營力的時代	青龍豐作	著
	白龍芽	譯
宗教與社會	宋光宇	著
唐宋時期的公園文化	侯迺慧	著
中國古代游藝史——樂舞百戲與社會生活之研究	李建民	著

史地類

古史地理論叢	錢穆	著
歷史與文化論叢	錢穆	著
中國史學發微	錢穆	著
中國歷史研究法	錢穆	著
中國歷史精神	錢穆	著
中華郵政史	張翊	著
憂患與史學	杜維運	著
與西方史家論中國史學	杜維運	著
清代史學與史家	杜維運	著
中西古代史學比較	杜維運	著
歷史與人物	吳相湘	著
歷史人物與文化危機	余英時	著
共產國際與中國革命	郭恒鈺	著
共產世界的變遷——四個共黨政權的比較	吳玉山	著
俄共中國革命祕檔（一九二〇～一九二五）	郭恒鈺	著
俄共中國革命祕檔（一九二六）	郭恒鈺	著
聯共、共產國際與中國（1920～1925）　第一卷	李玉貞	譯
民族主義與近代中國思想	羅志田	著
抗日戰史論集	劉鳳翰	著
盧溝橋事變	李雲漢	著
歷史講演集	張玉法	著
老臺灣	陳冠學	著
臺灣史與臺灣人	王曉波	著
清史論集	陳捷先	著
黃　帝	錢穆	著
孔子傳	錢穆	著

宋儒風範	董金裕 著
弘一大師新譜	林子青 著
勤工儉學的發展	陳三井 著
精忠岳飛傳	李　安 著
鄭彥棻傳	馮成榮 著
張公難先之生平	李飛鵬 著
唐玄奘三藏傳史彙編	釋光中 編
一顆永不隕落的巨星	釋光中 著
新亞遺鐸	錢　穆 著
困勉強狷八十年	陶百川 著
困強回憶又十年	陶百川 著
我的創造・倡建與服務	陳立夫 著
我生之旅	方　治 著
逝者如斯	李孝定 著
結網編	黃清連 著

語文類

文學與音律	謝雲飛 著
中國文字學	潘重規 著
中國聲韻學	潘重規、陳紹棠 著
魏晉南北朝韻部之演變	周祖謨 著
詩經研讀指導	裴普賢 著
莊子及其文學	黃錦鋐 著
管子述評	湯孝純 著
離騷九歌九章淺釋	繆天華 著
北朝民歌	譚潤生 著
陶淵明評論	李辰冬 著
鍾嶸詩歌美學	羅立乾 著
杜甫作品繫年	李辰冬 著
唐宋詩詞選——詩選之部	巴壺天 編
唐宋詩詞選——詞選之部	巴壺天 編
清真詞研究	王支洪 著
苕華詞與人間詞話述評	王宗樂 著
優游詞曲天地	王熙元 著

月華清	樸　月　著
梅花引	樸　月　著
元曲六大家	應裕康、王忠林　著
四說論叢	羅　盤　著
紅樓夢的文學價值	羅德湛　著
紅樓夢與中華文化	周汝昌　著
紅樓夢研究	王關仕　著
紅樓血淚史	潘重規　著
微觀紅樓夢	王關仕　著
中國文學論叢	錢　穆　著
牛李黨爭與唐代文學	傅錫壬　著
迦陵談詩二集	葉嘉瑩　著
西洋兒童文學史	葉詠琍　著
一九八四	George Orwell原著 劉紹銘　譯
文學原理	趙滋蕃　著
文學新論	李辰冬　著
文學圖繪	周慶華　著
分析文學	陳啟佑　著
學林尋幽 ——見南山居論學集	黃慶萱　著
與君細論文	黃慶萱　著
中西文學關係研究	王潤華　著
魯迅小說新論	王潤華　著
比較文學的墾拓在臺灣	古添洪、陳慧樺編著
從比較神話到文學	古添洪、陳慧樺主編
現代文學評論	亞　菁　著
現代散文新風貌（修訂新版）	楊昌年　著
現代散文欣賞	鄭明娳　著
葫蘆・再見	鄭明娳　著
實用文纂	姜超嶽　著
增訂江皋集	吳俊升　著
孟武自選文集	薩孟武　著
藍天白雲集	梁容若　著
野草詞	韋瀚章　著
野草詞總集	韋瀚章　著

李韶歌詞集	李　　韶　著
石頭的研究	戴　　天　著
寫作是藝術	張秀亞　著
讀書與生活	琦　　君　著
文開隨筆	糜文開　著
文開隨筆續編	糜文開　著
印度文學歷代名著選（上)、(下)	糜文開編譯
城市筆記	也　　斯　著
留不住的航渡	葉維廉　著
三十年詩	葉維廉　著
歐羅巴的蘆笛	葉維廉　著
移向成熟的年齡——1987～1992詩	葉維廉　著
一個中國的海	葉維廉　著
尋索：藝術與人生	葉維廉　著
從現象到表現——葉維廉早期文集	葉維廉　著
解讀現代・後現代——文化空間與生活空間的思索	葉維廉　著
紅葉的追尋	葉維廉　著
山外有山	李英豪　著
知識之劍	陳鼎環　著
還鄉夢的幻滅	賴景瑚　著
大地之歌	大地詩社　編
往日旋律	幼　　柏　著
鼓瑟集	幼　　柏　著
耕心散文集	耕　　心　著
詩與禪	孫昌武　著
禪境與詩情	李杏邨　著
文學與史地	任遵時　著
女兵自傳	謝冰瑩　著
抗戰日記	謝冰瑩　著
給青年朋友的信（上)、(下)	謝冰瑩　著
冰瑩書柬	謝冰瑩　著
我在日本	謝冰瑩　著
大漢心聲	張起鈞　著

人生小語（一）～（九）	何秀煌 著
人生小語（一）（彩色版）	何秀煌 著
記憶裡有一個小窗	何秀煌 著
回首叫雲飛起	羊令野 著
康莊有待	向陽 著
湍流偶拾	繆天華 著
文學之旅	蕭傳文 著
文學邊緣	周玉山 著
文學徘徊	周玉山 著
無聲的臺灣	周玉山 著
種子落地	葉海煙 著
向未來交卷	葉海煙 著
不拿耳朵當眼睛	王讚源 著
古厝懷思	張文貫 著
材與不材之間	王邦雄 著
劫餘低吟	法天 著
忘機隨筆——卷一・卷二・卷三・卷四	王覺源 著
過客	莊因 著
詩情畫意——明代題畫詩的詩畫對應內涵	鄭文惠 著
文學與政治之間——魯迅・新月・文學史	王宏志 著
洛夫與中國現代詩	費勇 著
老舍小說新論	王潤華 著
交織的邊緣——政治和性別	康正果 著
還原民間——文學的省思	陳思和 著
窗外有棵相思	逯耀東 著
出門訪古早	逯耀東 著

藝術類

音樂人生	黃友棣 著
樂圃長春	黃友棣 著
樂苑春回	黃友棣 著

樂風泱泱　黃友棣 著
樂境花開　黃友棣 著
樂浦珠還　黃友棣 著
音樂伴我遊　趙琴 著
談音論樂　林聲翕 著
戲劇編寫法　方寸 著
戲劇藝術之發展及其原理　趙如玲 著
與當代藝術家的對話　葉維廉 著
藝術的興味　吳道文 著
根源之美　莊申編著
扇子與中國文化　莊申 著
從白紙到白銀（上）、（下）
——清末廣東書畫創作與收藏史　莊申 著
畫壇師友錄　黃苗子 著
水彩技巧與創作　劉其偉 著
繪畫隨筆　陳景容 著
素描的技法　陳景容 著
建築鋼屋架結構設計　王萬雄 著
建築基本畫　陳榮美、楊麗黛 著
中國的建築藝術　張紹載 著
室內環境設計　李琬琬 著
雕塑技法　何恆雄 著
生命的倒影　侯淑姿 著
文物之美
——與專業攝影技術　林傑人 著
清代玉器之美　宋小君 著

～涵泳浩瀚書海　激起智慧波濤～